DOCE MENSAJES A HÉRCULES

Elvira de las Casas

DOCE MENSAJES A HÉRCULES

Título: Doce mensajes a Hércules

Primera edición: mayo, 2012

ISBN: 978-0-9833386-8-0

Foto del autor: Diego Rodriguez-Arche
Diseño interior y de cubierta: Diego Rodriguez-Arche

Editorial Silueta
Miami, Florida
http://www.editorialsilueta.com
Correo electrónico: silueta@editorialsilueta.com

Impreso en Miami, EE.UU.

A la memoria de mi padre

"—¿Quién mató al comendador?
—Fuenteovejuna, señor".
Fuenteovejuna
Lope de Vega

Mensaje #1

A Hércules:

Limpiar herida. Todo listo para cirugía.

El doctor Porfirio Mendoza se sentó en la vieja cama matrimonial que crujió al hundirse por el lado izquierdo, vencida por más de doscientas cincuenta libras de humanidad. La tos que le aquejaba cada mañana al despertar le sacudió el pecho y tuvo que reconocer, para sus adentros, que el tabaco estaba haciendo estragos en sus pulmones. Se prometió fumar sólo tres habanos en el transcurso de ese día, en lugar de los siete que solía fumarse, aunque sabía que una vez en el comedor, sentado ante una taza de café recién tostado y colado, olvidaría la promesa, como era su costumbre. Podía sentir ya el aroma de los granos dorándose en una olla de hierro que salía de la cocina y se dispersaba por toda la casa, y se le hizo la boca agua. No eran más de las siete de la mañana, pero Eulalia ya se había levantado, probablemente antes del amanecer, tal y como había hecho en los últimos veinticinco años. Hacía mucho tiempo que el doctor había dejado de insistirle para que se quedara en la cama un rato más los sábados y domingos, porque era inútil. "Árbol que crece torcido, jamás su tronco endereza", pensó mientras imaginaba a su mujer haciendo los quehaceres de la cocina, cubierta por un delantal y canturreando un bolero de Tito Gómez y la orquesta Riverside, su favorita.

Una vez en el baño, ante el espejo con marco de madera tallada que colgaba en la pared sobre el lavamanos, el doctor Mendoza, con los ojos todavía nublados por el sueño, ahuecó las manos debajo del chorro de agua fría. Luego procedió a enjuagarse la cara y el pelo en una maniobra que invariablemente dejaba un charco en el piso y que había sido el motivo de las únicas discusiones con Eulalia en todo el tiempo que llevaban casados.

"Carajo, cuando la vieja vea esto empezará a pelearme temprano".

Mientras se peinaba el cabello lacio y rebelde que, a pesar de sus setenta años conservaba abundante y sin vestigios de canas, comenzó a pensar en los asuntos pendientes que había ido postergando durante toda la semana.

"Hoy es sábado. Día de barbería. Y de visitar a doña Pura".

El doctor terminó de peinarse y echó una última ojeada a su imagen reflejada en el espejo que no pareció agradarle mucho, por el gesto involuntario que hizo.

"No hay nada más patético que un médico enfermo".

Tomó dos pastillas del botiquín que tragó con un buche de agua de la pila del lavamanos y después regresó al cuarto para cambiarse de ropa. Dejó el afeitado para más tarde, cuando su amigo y barbero personal desde hacía más de treinta años, Horacio Pastrana, lo pondría al día de los últimos acontecimientos del pueblo, entre brochazos de espuma y el sordo sonido de la navaja al ser afilada sobre un pedazo de cuero. Escogió una guayabera blanca de hilo, de la docena que colgaban del armario, primorosamente almidonadas y planchadas por su esposa.

Eulalia se movía con agilidad de un lado a otro de la cocina, y le dirigió una mirada de aprobación a su marido cuando éste se sentó a la mesa, no sin antes darle un beso en la mejilla junto con los buenos días.

"Siéntate, Mendoza".

El doctor nunca se había podido explicar por qué su mujer, al llamarlo a la mesa, siempre lo hacía por su apellido, mientras que en las demás ocasiones le decía simplemente Porfirio. Ya ni siquiera se preguntaba el motivo de tan extraña costumbre, que había llegado a gustarle porque imprimía a la hora de las comidas una suerte de formalidad ceremoniosa.

Después de servirle el desayuno, Eulalia le alcanzó el periódico y extendió un pequeño mantel sobre la mesa, en el extremo opuesto de donde estaba sentado el doctor Mendoza, para hacerle compañía mientras escogía los frijoles.

El doctor comenzó a remojar un pedazo de pan en el café, sin dejar de revisar los titulares del diario, haciendo de vez en cuando un movimiento de negación con la cabeza, como reprobando las noticias.

"¿Ya desayunaste, vieja?".

"A las seis, como siempre. ¿Vas a salir?".

"A la barbería. Es sábado".

Eulalia estaba habituada al estilo de conversación de su marido, que raramente contestaba una pregunta con más de una frase escueta, como si cada palabra la costara dinero. Al principio esto la desconcertaba un poco, siendo como era una mujer conversadora y amiga de comunicarse con todo aquel que tuviera cerca. Pero con el paso del tiempo se había ido acostumbrando, y hasta había llegado a considerar esta cualidad de Porfirio como una rara virtud. El que poco habla, poco yerra, terminó por decirse la buena mujer remedando la costumbre de su esposo de concluir cada frase con un refrán.

"No le pongas tanto azúcar al café, Mendoza. Acuérdate de la diabetes".

"¡Eulalia, aquí el médico soy yo!".

Después de todo, exceptuando su parquedad al hablar, Porfirio Mendoza había sido el mejor marido del mundo. En la casa nunca había faltado lo indispensable para vivir, y la mayor parte del tiempo habían tenido más de lo necesario. Aunque en el ejercicio de su profesión Porfirio había demostrado una inmensa vocación de servicio, que lo llevaba a atender la salud de todo aquel que lo necesitase, sin reparar en que careciera de recursos para pagarle, nunca pasaron penurias de ningún tipo. La gente de Hormiguero del Campo vivía agradecida de su entrega, y raro era el día que no visitaba la casa algún campesino cargado de viandas, pollos y todo tipo de comestibles de acuerdo con la cosecha de la época del año. Eulalia tenía motivos más que suficientes para estar orgullosa de su marido, una de las personas más queridas y respetadas del pueblo.

El doctor Mendoza dobló el periódico y lo colocó encima de la mesa, antes de terminar de beberse el café en el que nadaban pequeños trozos de pan. Luego se levantó, encendió un tabaco y se despidió de su mujer con un beso.

"Voy a invitar a Horacio para que venga a almorzar con nosotros".

"Está bien. Haré frijoles negros", respondió Eulalia, mientras pasaba los granos ya escogidos a una cazuela. "Dile a doña Pura que me mande un puñadito de ají cachucha, que la mata que tenía en el patio se secó".

El doctor Mendoza caminó por el pasillo que atravesaba la casa en toda su extensión desde la sala hasta la cocina, al costado de los cuartos, y se dirigió a la puerta, abierta de par en par durante el día y parte de la noche, como había dispuesto muchos años atrás para que nadie tuviera dificultades en dar con él en caso de emergencia. Por el camino se iba preguntando cómo había hecho Eulalia para adivinar que él pensaba visitar a doña Pura al salir de la barbería, si no se lo había dicho.

"Me conoce como si me hubiera parido", se dijo.

El doctor alejó de su mente las palabras de su esposa y se dispuso a disfrutar de uno de los placeres más grandes que había conocido: caminar por las calles de Hormiguero del Campo temprano en la mañana, respirando el aire fresco que bajaba de las montañas y saludando aquí y allá a todo el que se cruzaba en su camino.

Delante de la puerta de la bodega se encontró con Ramiro Almanza, quien posiblemente era, además del doctor, una de las personas más conocidas del pueblo. Ramiro ocupaba, por decirlo de alguna manera, el puesto de borracho oficial en aquel poblado de poco más de mil almas. Además del bobo Narciso y América Suelta el Bolso, una mujer enloquecida que se paseaba por el parque con un marpacífico en la cabeza y una vieja cartera de charol colgando del brazo, Ramiro parecía tener como única misión en la vida servir de blanco a las burlas, y algunas veces a las pedradas, de los vecinos de todas las edades sin nada mejor que hacer. Aunque, para decir la verdad, no siempre había sido así.

Cuando el doctor Mendoza llegó al pueblo, Ramiro trabajaba de contador en la oficina de Obras Públicas. Era un hombre joven y bastante formal, con el único defecto de empatar el sábado y el domingo en una continua borrachera. Vivía a la salida del pueblo junto a su madre, una mujer anciana ya para entonces, que evidentemente lo había tenido después de los cuarenta años y que, tras haber sido deshonrada y abandonada en plena preñez, lo había criado con exceso de mimos y cuidados. Al doctor Mendoza todavía le parecía estarla viendo, los domingos por la tarde, recorriendo los tres o cuatro bares que había en el pueblo, hasta dar con su hijo y llevarlo a rastras para su casa, donde, según se rumoraba, ella misma lo bañaba y lo metía en la cama.

Desafortunadamente la señora falleció de un ataque al corazón cuando Ramiro andaba por los veintitantos años, y éste, una vez perdido el dique que contenía su inclinación dipsómana, se fue abandonando totalmente a la bebida.

Con los ahorros que heredó de su madre, decidió instalar una cantina en la calle principal del pueblo, frente por frente al Ayuntamiento. El día de la inauguración, la cantina de Ramiro se llenó de bote en bote. Claro, había dado a conocer con anticipación que los invitados beberían por invitación de la casa. Más de uno acudió para no desaprovechar la oportunidad de beber sin tener que pagar, pero la mayoría lo hizo por pura curiosidad. Todos querían ver cómo se las arreglaría Ramiro, que se pasaba el día borracho, para atender a su clientela. Pero se llevaron tremendo fiasco cuando se encontraron con un Ramiro, más que sobrio, bañado y recién afeitado, vestido con riguroso traje y un clavel en el ojal. Parecía otra persona.

Sin embargo, pasó el tiempo y nadie se asomaba por el bar. La gente pasaba por allí y miraba con disimulo hacia adentro, para luego alejarse con una risita burlona y comentando que ese negocio no iba a prosperar. ¿A quién se le iba a ocurrir ir a beber en una cantina manejada por alguien que lo único que sabía de botellas de licor era vaciarlas en su estómago?

A los tres meses se corrió la voz de que en la cantina de Ramiro estaba ocurriendo algo muy raro. El primero que lo vio fue don Paco Gutiérrez, que por aquel entonces todavía no había llegado a ser alcalde de Hormiguero del Campo, pero tenía muy buenas relaciones y entraba y salía del Ayuntamiento como Pedro por su casa. En una de sus frecuentes visitas a la casa de gobierno se asomó a una ventana, y desde allí pudo ver claramente cómo Ramiro hablaba solo, haciéndose preguntas que se contestaba después.

Picado por la curiosidad, don Paco se asomó a la puerta de la cantina y lo que vio y escuchó pronto fue del dominio público.

Desde la parte de adentro del mostrador, Ramiro levantaba la tapa, daba la vuelta y se colocaba en la posición de un cliente imaginario.

"¡Ramiro, dame una cerveza!".

Tan pronto escuchaba la orden que él mismo se daba, volvía a levantar la tapa del mostrador y ocupaba de nuevo el lugar de cantinero.

"Aquí tienes. Son veinticinco centavos", decía con toda seriedad.

Esta vez volvía a ponerse de la parte de afuera y pagaba, para luego saborear la cerveza que acababa de pedirse, servirse y pagarse.

Ramiro repitió el mismo comportamiento una y otra vez, ante el asombro de los vecinos que se asomaban a la puerta todos los días para comprobar con sus propios ojos lo que habían escuchado, hasta beberse no sólo las cervezas que había en los tres refrigeradores, frente a la barra, sino también todas las cajas almacenadas en la trastienda. Su intento empresarial apenas duró el tiempo que le tomó dejar todas las botellas vacías, después de lo cual volvió a vérsele cada día recorriendo las calles del pueblo con paso zigzagueante y un aspecto cada vez más lamentable.

Todo esto vino a la memoria del doctor Mendoza mientras observaba a Ramiro, que trataba en vano de subir los dos escalones de la entrada de la bodega dando traspiés. Después de ensayar dos veces sin éxito alguno, se sujetó como pudo de la pared y alcanzó el umbral, donde se detuvo un momento para recobrar el equilibrio.

"A la tercera, va la vencida", sentenció el doctor Mendoza cuando pasó por su lado.

A pocos metros de la bodega estaba la barbería de Horacio Pastrana, donde ya debían de estar esperándolo sus amigos para las habituales tertulias de los sábados por la mañana.

Al doctor Mendoza le extrañó verlos a todos –Urbino Flores, el boticario; el doctor Clemencio Guerra, dentista; Florencio Corona, el dueño de la funeraria y Evaristo Trompa, director de la banda municipal– en la acera, en lugar de estar adentro, como era habitual. El letrero que se veía en la puerta le dio la explicación: "Cerrado hasta el lunes".

"¿Qué pasa, por qué Horacio no abrió hoy?", preguntó mientras estrechaba la mano de cada uno de los presentes.

"Está fuera de Hormiguero, doctor", dijo Florencio. "Su compadre Erasmo Quintana murió anoche, de un infarto. Y Horacio se fue esta madrugada a Marabuzal, para cumplirle su última voluntad".

"Tenías que ser funerario. Te pintas solo para dar esa noticias", comentó Clemencio Guerra, provocando la risa de los demás.

El doctor Mendoza sintió de pronto unos deseos irreprimibles de fumar, y haciendo caso omiso a la promesa que se había hecho esa mañana al despertar, sacó un tabaco del bolsillo de la guayabera y lo mordió en la punta para encenderlo.

"Su última voluntad", repitió acercando la llama de una fosforera a la otra punta del habano y lanzando al aire una bocanada de humo.

Demasiado le conocían sus amigos como para saber que se moría de curiosidad, pero que, fiel a su costumbre de no malgastar palabras, esperaría sin preguntar hasta que le explicaran lo que quería saber.

"Erasmo, que en paz descanse, le había pedido a Horacio que, si moría primero, no dejara de cortarle el pelo y la barba antes de que lo pusieran en la caja", le explicó el doctor Guerra encogiéndose de hombros, como dando a entender que le parecía muy extraña la petición del difunto pero que no era cosa suya.

"¿Y qué hay de nuevo?", preguntó el doctor Mendoza mientras saboreaba el tabaco.

Florencio miró a su alrededor y se acercó al doctor, como para que nadie más pudiera escucharlo.

"La cosa está que arde... ¿Viste la candela?".

"Sí. Más sabotajes"...

"Pero eso no es nada. Algo grande se está preparando. Lo dice Radio Bemba".

"Y cuando el río suena"..., dijo Mendoza. "Habrá que esperar a ver qué pasa. Mejor que me calle".

Florencio, al comprender que el doctor no quería seguir hablando del asunto, se volvió a separar de él, momento que aprovechó Urbino para cambiar de tema.

"Bueno, los invito a mi casa para jugar una partida de dominó. ¿Qué dicen?".

"Yo no puedo. Tengo algo que hacer", respondió el doctor Mendoza. "Vayan ustedes".

"Adiós entonces, doctor".

"Adiós".

Doña Pura vivía bastante cerca y todavía era temprano, así es que el doctor Mendoza decidió cruzar la calle y sentarse un rato. A esa hora había muy pocas personas en los bancos del parque, aunque todos estaban a la sombra, gracias a la exuberancia de los framboyanes y las acacias que, por cierto, estaban florecidas en esa época del año.

Había en el aire un olor a mariposas que le recordó el día que llegó a Hormiguero del Campo, joven y recién graduado, sin sospechar que allí echaría raíces tan sólidas y fuertes como las de la ceiba que estaba en el centro del parque. El mismo parque donde esperaba por las tardes a doña Pura, que todavía no era doña Pura, sino simplemente Purita, la hija de don Paco Gutiérrez, el dueño de los almacenes La Purísima Concepción. Día por día ella salía de la escuela y llegaba corriendo a su encuentro, con las mejillas enrojecidas por la excitación. Para ella debieron ser muy importantes aquellas citas con el joven médico, a quien todos querían ver de cerca y saludar. Se hicieron muy amigos desde que se vieron por primera vez, el día que don Paco lo invitó a almorzar para darle la bienvenida al pueblo, y ella le confesó que quería estudiar Medicina en la capital.

Purita tenía entonces quince años y era la consentida de su padre, que había enviudado joven y la terminó de criar sin ayuda de nadie. Según le contaron los que la conocieron de niña, siempre fue muy traviesa y amiga de hacer su voluntad. Al llegar a la adolescencia, mientras sus amigas sólo pensaban en cambiar de peinado y entrenar un lápiz labial, Purita se leía cuanto libro le caía en sus manos. Era el asombro de todos los vecinos por la facilidad que tenía para hacer labores que, en aquella época, estaban destinadas a los hombres: lo mismo reparaba una cañería que un aparato de radio, hacía instalaciones eléctricas y, en su tiempo libre, cultivaba todo tipo de plantas medicinales, en el conocimiento de cuyas propiedades era una experta.

El doctor Porfirio Mendoza enseguida supo valorar la inteligencia de su joven amiga. Le prestó libros de Medicina que encargó a la capital especialmente para ella, y se comprometió a interceder con don Paco para que le permitiera ir a la Universidad. Sin embargo, poco pudo hacer para ayudarla. Don Paco no era hombre de dar su brazo a torcer, y se hubiera dejado matar antes que permitir que su hija saliera sola del pueblo. Purita tuvo que conformarse con aprender a inyectar y a desinfectar heridas en su consultorio, y con llevar la contabilidad del negocio de su padre. Pero, sobre todo, aprendió a partear con tan buen tino, que llegó a ser considerada la mejor comadrona de toda la zona.

El doctor Mendoza suspiró con nostalgia, preguntándose íntimamente qué hubiera hecho de tener la posibilidad de volver el tiempo atrás.

Tal vez no hubiera hecho nada por cambiar las cosas. Después de todo, doña Pura tenía razón cuando decía que "nadie puede escapar de su destino". Lo mejor que hacía era irse del parque y echar a andar, sin apuro, para cumplir su propósito de pasar por casa de su amiga antes de la hora de almuerzo.

Cuando estaba a pocos pasos de la casona colonial donde vivía doña Pura, silbó una melodía que sólo ella podía reconocer a varios metros de distancia. Era como una especie de clave secreta entre ellos dos, que habían mantenido viva a pesar de los años. Nadie en el pueblo podía decir la letra de esa tonada, porque era el comienzo de una canción que él le escribió y que ningún trovador había cantado jamás.

Empujó la puerta que estaba entreabierta y doña Pura salió a recibirlo, con las manos llenas de tierra porque había estado trabajando en el patio.

"Hola, Porfirio".

"¿Cómo estás, mijita?".

Aunque sabía que a doña Pura no le gustaba que siguiera llamándola "mijita", como en la época en que estaba recién llegado a Hormiguero y ella era una muchachita, no podía evitarlo. Para él, seguía siendo Purita, la niña traviesa y vivaracha de la que más tarde se enamoró y a la que nunca le confesó su amor, por considerarla demasiado joven.

En ese momento sintieron unos pasos que se aproximaban a la sala y volvieron la cabeza. Era el hijo de doña Pura, que se había acicalado con esmero y despedía un fuerte olor a colonia de afeitar.

"¿Cómo estás, Gabrielito?".

"Gabriel Arcángel", le corrigió doña Pura, inconmovible en su idea de no subestimar a su hijo, por pequeño que fuese, ni siquiera chiqueándole el nombre.

Porque en efecto, aunque ya había dejado atrás la adolescencia, Gabriel era muy corto de estatura. Un enano, como su padre.

"Muy bien, doctor Mendoza", contestó Gabriel Arcángel sin dar importancia a la aclaración hecha por su madre. "¿Se queda a almorzar con nosotros?".

"No puedo, gracias. Eulalia está cocinando frijoles negros. Si no llego a tiempo, me mata".

"Entonces voy a dar una vuelta por el parque. Regreso para el almuerzo".

Y sin más palabras, Gabriel Arcángel salió de la casa dejándolos uno frente al otro.

A doña Pura le bastó ver la forma en que el doctor Mendoza se dejó caer en el sofá de la sala para darse cuenta de que estaba más decaído que de costumbre.

"No te ves muy bien. ¿Otra vez el azúcar?".

"No, Purita. El alma... ¡el almanaque!".

Los dos rieron la broma y el doctor se levantó, haciendo un esfuerzo para ocultar su malestar físico. Caminaron hasta el patio central de la casa, donde doña Pura se enjuagó las manos con la manguera de regar las plantas de los canteros. Después se las secó en el delantal.

El doctor Mendoza, mientras miraba hacer a la mujer, tuvo que reconocer que se conservaba tan hermosa como cuando era joven, aunque ya debía de andar por los sesenta. Tenía a su favor una piel morena y tersa, heredada de su madre, una mulata de formas insinuantes, y la estatura y el porte altivo de su padre, nacido en las Islas Canarias.

Nadie hubiera imaginado, cuando el difunto Miguel Arcángel comenzó a trabajar en los almacenes La Purísima Concepción, que terminaría casándose con la hija del dueño. Se hicieron amigos cuando ella descubrió que el enano no sabía leer ni escribir, y se dedicó a enseñarle para que pudiera progresar en su trabajo.

Unos meses más tarde, Purita le anunció a su padre que quería casarse, dejando a todas las vecinas del pueblo con la boca abierta y a sus numerosos pretendientes con la miel en los labios. Entre ellos, el propio Porfirio Mendoza, que jamás se perdonó el haber callado su secreto por temor a que ella lo rechazara.

No bien comenzó a hacerse visible el embarazo de Purita, ya para entonces convertida en doña Pura, comenzaron los chismes de las comadres y se corrió por el pueblo el rumor de que Miguel Arcángel no era el padre de la criatura. A nadie le cabía en la cabeza que una pichona de isleña, tan alta y de tan buen ver, estuviera enamorada de un hombre que no alcanzaba la estatura de un niño de ocho años.

Una tarde la futura madre llegó llorando al consultorio del doctor Mendoza, rogándole que hiciera algo para que su hijo naciera enano como Miguel Arcángel. Porfirio consultó todos los libros que encontró sobre el tema, aunque sabía de antemano que nada podía hacer para ayudarla. Después de varias noches sin poder dormir releyendo los gruesos tomos, no le quedó más remedio que decirle: "Mijita, tienes que ser fuerte. Tu hijo tiene tantas posibilidades de nacer enano como de nacer con un tamaño normal".

Pero doña Pura no acostumbraba a darse por vencida tan fácilmente. En eso había salido a su padre, don Paco Gutiérrez. Y le prometió a la Virgen del Rocío, de la cual era muy devota, que si su hijo nacía enano como su padre, pese a los chismes de la gente, invertiría todos sus ahorros en levantarle un altar a la entrada de Hormiguero del Campo. Veinte años más tarde, el altar de la Virgen del Rocío seguía siendo objeto de veneración para la gente del pueblo, y de las ofrendas dejadas por las mujeres con problemas de fertilidad.

El tiempo se encargó de demostrarle a doña Pura que, lo que le faltaba a su hijo de tamaño, le sobraba en inteligencia. Cuando era niño, tuvo que sufrir las burlas de los alumnos en la escuela por lo que suponían era un defecto físico, pero para su madre no era más que un detalle insignificante que lo distinguía de los demás. Para cortar las burlas de tajo, doña Pura aprovechó sus conocimientos de mecánica y le adaptó a un velocípedo el motor de un avión que se había estrellado en los alrededores del pueblo en la época en que comenzaba el correo aéreo en la isla. Muy pronto Gabriel Arcángel dejó de ser el motivo de las bromas de sus compañeros para convertirse en el alumno más envidiado de toda la escuela. Los muchachos le hacían cualquier favor, incluyendo copiarle las notas de clase y cargarle los libros, por tal de que les dejara montar en el estrafalario vehículo.

A los dieciséis años, cuando falleció su padre, Gabriel Arcángel ya era bachiller, mecanógrafo, taquígrafo y telegrafista. Tenía un trabajo estable en la compañía de electricidad –que aún conservaba, varios años después– y seguía un curso de inglés por correspondencia.

"¿Sabes, Purita? No sé por qué, pero hoy no he dejado de pensar en el día que llegué al pueblo".

Doña Pura sonrió y le dijo, sin dejar de regar las plantas de albahaca y yerbabuena:

"Es la época, Porfirio. Entonces también el aire olía a mariposas".

"¿Cuándo fue que me empezaste a robar la clientela?".

"Cuando la gente se dio cuenta de que las hierbas son mejores que las pastillas que tú les recetas".

El doctor estaba bromeando, como siempre que hablaban del tema. Doña Pura nunca le dio motivos para sentirse incómodo. Aunque nunca se lo dijo, sabía que ella sólo atendía a los pacientes que habían procurado curarse en su consultorio, con la ciencia aprendida en los libros, sin obtener ninguna mejoría. En esos casos él mismo reconocía que no tenía nada que hacer, y los enviaba a la casa de la curandera para que probara con emplastos de hierbas y cocimientos. Así había sido siempre, cada cual en su lugar, sin dar espacio a los celos profesionales. Sin dudas, si no hubiera sido por los prejuicios de don Paco, su hija habría llegado a ser un médico excepcional.

Doña Pura terminó de regar el cantero y fue hasta el otro extremo del patio donde se acumulaban las macetas con todo tipo de hierbas. Regresó con un puñado de ajíes en las manos y los envolvió cuidadosamente en un papel de estraza antes de entregárselos al doctor.

"Son para Eulalia. Hace días me dijo que la mata de ají cachucha se le había secado".

Mientras regresaba a casa, para estar a tiempo a la hora de almuerzo, el doctor Mendoza se dijo que Eulalia y Purita, las dos mujeres que más había amado en su vida, tenían la misma intuición infalible.

"Parecen brujas, coño. ¡Hasta me adivinan lo que estoy pensando!".

El doctor no pudo evitar ver a un joven alto y delgado, vestido con ropa dominguera, que simulaba leer un periódico en un banco del parque, sin quitarle la vista de encima. Una vez que la corpulenta figura de Porfirio Mendoza desapareció tras la puerta de su casa, el joven se dirigió a un teléfono público y se comunicó con alguien que, a juzgar con la prontitud con la que contestó, debía de estar esperando su llamada.

"El objetivo ya llegó a su casa", fue lo único que dijo.

Después entró en la cafetería Los Cocos y pidió un batido de mamey.

A pocas cuadras de la cafetería, en la oficina de la Seguridad del Estado del sector de Hormiguero del Campo, el capitán Lorenzo Arteaga colgó el teléfono y se frotó las manos, como hacía cada vez que las cosas le salían como había pensado.

La situación del país no estaba para paños tibios. Todos los días llegaban informes de sabotajes, los cañaverales ardían como por arte de magia y, por si fuera poco, estaban alertados de posibles infiltraciones por la costa sur, para apoyar con armamentos y medicinas a los alzados.

En lo que iba de año se habían producido alzamientos guerrilleros en todas las provincias. La guerrilla se nutría principalmente de campesinos descontentos por las confiscaciones de fincas y veteranos de la lucha contra el gobierno anterior, que consideraban que el Gran Comandante había traicionado los ideales de la revolución por la que habían combatido.

Entre estos últimos se encontraba el ex teniente del Ejército Rebelde José Manuel Cabargas, hijo de una conocida familia ganadera de Hormiguero del Campo. Al año de haber bajado de las montañas, donde había combatido a las órdenes del comandante Eloy Contreras, planeó un levantamiento con el apoyo de otros ganaderos de la zona. Una vez descubierta la conspiración, Cabargas se vio forzado a burlar las tropas del Gran Comandante y establecer una guerrilla en las lomas, posiblemente en la zona comprendida entre Cuatro Vientos y Topes de Collantes, según indicaban los vestigios de campamentos ya abandonados y encontrados por las Milicias.

Cabargas se había convertido en un personaje legendario entre los campesinos de la zona. Lo más probable era que contara con algún enlace en el propio Hormiguero del Campo, así como en Marabuzal y Fanguito, que lo mantenía al tanto de los movimientos de las tropas de las Milicias y la vigilancia a la entrada de esos poblados. Todo esto constituía un verdadero dolor de cabeza para el capitán Arteaga y sus hombres, agravado con el descubrimiento de un agente enemigo que recibía mensajes cifrados a través de una planta de radio de tiro rápido, hasta ese momento sin ubicar.

El capitán Arteaga estaba seguro de que el misterioso mensaje interceptado tres días antes, dirigido a uno de los vecinos del pueblo, estaba relacionado con los planes de la guerrilla. El receptor del mensaje operaba una planta de radio en sus mismas narices, con el fin de recibir instrucciones de la CIA y transmitirlas a algún grupo contrarrevolucionario, de esos que se habían empeñado en destruir la revolución.

El misterioso Hércules tenía que estar en el pueblo, y el capitán Arteaga se había propuesto detectarlo y arrestarlo antes de que pudiera llevar a cabo su misión. Por eso había mandado a vigilar al doctor Porfirio Mendoza, ese señor burgués que se veía todos los sábados con la gusanera del pueblo, en la barbería de Horacio Pastrana. Seguramente se reunían para hablar mal de la revolución, y a lo mejor estaban preparando algo. El cabecilla no podía ser otro que el médico, de acuerdo con el texto del mensaje cifrado. Si el doctorcito ése se estaba preparando para una "cirugía", él personalmente se encargaría de romperle el bisturí.

El capitán Arteaga todavía se reía para sus adentros del chiste que creía haber acabado de inventar, cuando alguien tocó a la puerta de la oficina.

"Adelante".

"Capitán, mataron a dos milicianos y se robaron las metralletas"...

Horacio

Pues sí, aquí he vivido los últimos treinta y tres años, desde que salí de Cuba. En el 78 hubo una amnistía, y me dieron el permiso de salida junto con la carta de libertad. Pero ya nada era como antes. ¿Quién me iba a devolver los años que estuve en presidio, desde que era un muchacho? A mí me agarraron peleando, cuando la limpia del Escambray. No me fusilaron de milagro, pero me echaron una pila de años por el lomo, y pasé por todas las cárceles más duras de aquellos años: la Isla, Boniato, Ariza... No pude ver crecer a mi hijo, cuando salí del presidio ya era un hombre, con edad de casarse, pero gracias a que todavía estaba soltero pude traerlo para Miami junto con Celia, mi mujer, que en paz descanse. Yo enviudé en el 80, dos años después de venir. La pobre Celia se me enfermó de cáncer al poco tiempo de llegar y se me fue de entre las manos, en medio de alucinaciones por efecto de la morfina que le hacían llamar a gritos a sus amigas de Hormiguero del Campo. Mi hijo se casó con una buena mujer, el único defecto que tiene es que casi no habla español, porque se crió aquí, pero por lo demás, no se le puede señalar con un dedo. Ellos siempre han querido que me vaya a vivir con ellos, pero yo prefiero vivir aquí, en la Pequeña Habana, jugando dominó con otros cubanos que pasan sus últimos años recordando el país que perdimos, y que tal parece que nunca podremos recuperar. Sólo nos quedan los recuerdos, que repasamos una y otra vez antes de doblarnos al nueve o matar la salida del contrario, y que escuchamos con la nostalgia prendida en los ojos, como si ante nosotros no se alzaran los edificios para personas de escasos recursos de la Calle Ocho sino la glorieta del par-

que donde nos reuníamos los domingos con la familia para escuchar la banda municipal. Usted no vivió eso, señorita, porque no le dio tiempo. Usted me dijo que la habían traído poco después que mataron al capitán Arteaga, ¿no es así? Claro, estaba recién nacida. Bueno, pues ya hubiera usted querido conocer lo que era Hormiguero del Campo. Un lugar muy tranquilo, la verdad. A mí me hubiera gustado morirme allá, junto a mis seres queridos. Pero como hubiera dicho mi amigo Porfirio, 'el hombre propone y Dios dispone'. Quién se hubiera imaginado en lo que iba a terminar ese país, por culpa de un puñado de sinvergüenzas. ¿Que si estoy retirado? Sí, hace muchos años. Y aunque no me pagan mucho, porque trabajé poco tiempo aquí, tengo el techo asegurado. También la comida y las medicinas. Y de vez en cuando le corto el pelo a los amigos, para no perder la costumbre. Sí, hace años que soy americano. Pero aunque le agradezco a este país todo lo que ha hecho por nosotros, me siento tan cubano como el día en que nací. Como dice esa canción que canta Albita, 'qué culpa tengo yo de haber nacido en Cuba', ¿no?.

Mensaje #2

A Hércules:

Olvida el tango y canta bolero.

El capitán Arteaga estaba convencido de que el segundo mensaje interceptado seis días después del primero tenía mucho que ver con lo sucedido en el central Rosita, a pocos kilómetros del pueblo.

Sentado en su escritorio, el oficial redactó el informe que debía enviar a la Sección de Operaciones del Ministerio del Interior en la capital:

"Dos compañeros milicianos, después de heroica resistencia, cayeron a manos de elementos contrarrevolucionarios que planeaban volar el central, como se pudo comprobar por las cargas explosivas encontradas en la casa de calderas, que no tuvieron tiempo de activar. La rápida actuación de nuestros combatientes del Ministerio del Interior evitó el desastre, pero no la huída de los bandidos que, al verse descubiertos, se internaron en las montañas".

En realidad, el capitán sabía que el fracaso del sabotaje se debió únicamente a la casualidad. En el momento en que los luchadores clandestinos estaban colocando los explosivos en la casa de calderas, llegó al central una caravana del ejército con una compañía de soldados y dos piezas antiaéreas, de las conocidas como "cuatrobocas", destinadas por el alto mando para la defensa de la instalación azucarera.

Pero de cualquier manera, la operación "quirúrgica" había fracasado, y no había que ser muy brillante para deducir que el segundo mensaje ordenaba a su receptor cambiar de planes, aplicar una segunda variante que siempre existe en estos casos.

El capitán Arteaga ya no estaba muy seguro de que el agente enemigo que operaba desde Hormiguero del Campo fuera el doctor Porfirio Mendoza. Aunque no le levantaría la vigilancia por el momento hasta ver cómo se desarrollaban los acontecimientos, tendría que empezar a pensar en otras posibilidades. De ahí que hubiera citado a los hombres de su mayor confianza para una reunión en su oficina.

"Necesito que localicen a los músicos del pueblo y me mantengan al tanto de todos sus movimientos".

El teniente Urquiza se puso de pie y pidió permiso para hablar.

"Permiso, capitán".

"Sí, puede".

"Yo creo que no hay necesidad de vigilarlos a todos. Solamente a uno de ellos. ¿Usted nunca va a la retreta?".

"Teniente, la situación no está como para pasarse la noche oyendo música en el parque. ¡En cualquier momento le dan candela al pueblo y usted me pregunta que si yo no voy a la retreta!".

Pasando por alto la brusquedad de su superior, el teniente siguió adelante:

"El director de la banda, Evaristo Trompa, es el mejor cantante de tangos del pueblo. Hasta ganó un concurso una vez, en una estación de radio. El tipo es tan fanático que se peina con vaselina para parecerse a Carlos Gardel. Y no hay una vez que la banda empiece a tocar que no lo haga con el tango Cuestabajo... ¡eso no falla!".

"¡Pues síganlo! Y si tienen que disfrazarse de argentinos, ¡háganlo!".

Al quedarse nuevamente solo en su oficina, el capitán Arteaga se enfrascó en sus pensamientos. Muy lejos estaba de imaginar el alboroto que sacudía las calles de Hormiguero del Campo a esa misma hora.

Y no era para menos, en un pueblo donde los principales temas de conversación consistían en la muerte repentina de un vecino, la infidelidad de una esposa hasta entonces honorable y, últimamente, los enfrentamientos de las Milicias con las guerrillas que se propagaban por las montañas.

La llegada de un montón de gente extraña de la capital, en el que abundaban los hombres melenudos con sandalias y las mujeres con shorts demasiado cortos y ajustados, despertó la curiosidad y soltó la lengua de los pueblerinos.

De eso se dio cuenta inmediatamente Eduardo Guerra cuando, a la mañana siguiente a su llegada, salió a recorrer el pueblo donde había nacido y vivido hasta los dieciocho años. Al hijo del doctor Clemencio Guerra le bastó con atravesar el parque y recorrer un par de cuadras para percibir que en Hormiguero del Campo nada había cambiado desde su partida a la capital, cinco años antes.

El chismorreo de las comadres que atisbaban detrás de las ventanas y lo seguían con la vista le confirmó una vez más que su decisión de irse del pueblo había sido la mejor. Tan convencido estaba de no haberse equivocado, que si el director de la película no le hubiera pedido filmar allí algunas escenas, posiblemente no hubiera regresado jamás.

Para Eduardo no fue fácil convencer a su padre de que lo mandara a estudiar a la Academia Naval, para cumplir el sueño que tenía desde niño de convertirse en oficial de la Marina de Guerra. El doctor Clemencio Guerra siempre había dado por hecho que su hijo sería dentista, como él, y de no haber sido por la poderosa influencia de su esposa, Rosalba, posiblemente al muchacho no le habría quedado más remedio que pasarse el resto de su vida remendando la dentadura de sus vecinos, tal como lo había hecho su padre.

Pero como diría el doctor Mendoza, tan dado a los refranes, "Dios escribe derecho sobre renglones torcidos". Y estaba escrito que Eduardo no sería ni dentista ni oficial de la armada.

Al terminar el primer curso preparatorio, llegó a la academia un conocido director de cine, en busca de un joven que reuniera los requisitos del protagonista de su próxima película. Le mostraron a los alumnos formados en el patio central y se interesó en Eduardo, que físicamente no tenía nada que envidiar a un galán de Hollywood: medía más de un metro setenta, era de piel muy blanca y pelo castaño claro, con mechones rubios a los lados de la cara y una dentadura perfecta que se asomaba tras una sonrisa pícara, de muchacho apenas salido de la adolescencia.

La película no tuvo mucho éxito, pero sirvió para demostrarle que su futuro no estaba en una torpedera sino en la pantalla. Estaba seguro de que ésa era su verdadera vocación, y ahí estaba, de nuevo en Hormiguero del Campo, para escalar el segundo peldaño en su recién iniciada carrera de actor.

El pueblo tenía todas las características que necesitaban: estaba rodeado de montañas, donde abundaban los saltos de agua y otros sitios pintorescos, y sus habitantes, de por sí hospitalarios y corteses, estarían dispuestos a cooperar sirviendo de extras para el rodaje. Además, el personaje que interpretaría Eduardo tendría que pasar la mayor parte del tiempo montando a caballo, y difícilmente se podrían encontrar en otra región de la isla ejemplares equinos de mejor estampa que en aquella zona.

Eduardo paseaba sin rumbo fijo, cuando advirtió que estaba en la misma cuadra donde vivían sus padrinos, Eulalia y Porfirio Mendoza, de los que guardaba los más gratos recuerdos de su niñez. Su padrino le regaló un caballo en el que aprendió a montar cuando tenía diez años. Y desde que se fue del pueblo no había vuelto a probar un café con leche tan sabroso como el que le preparaba su madrina, con la leche ahumada y un toquecito de canela.

La puerta estaba abierta de par en par.

"Tampoco en esto ha cambiado Hormiguero del Campo", se dijo.

Entró a la casa y fue directamente hasta la cocina, donde su madrina fregaba unos platos mientras tarareaba la misma canción que le había servido de entretenimiento para hacer los quehaceres, desde que Eduardo tenía uso de razón: *Vereda tropical*. La abrazó por la espalda y la cargó, llenándole la cara y el cuello de besos.

"¡Eduardito, mijo! ¿Cuándo llegaste?".

"Ayer, madrina. Y no podía aguantar las ganas de verte".

"Mentiroso... con las glorias se olvidan las memorias"...

Eulalia estaba tan emocionada que le dio la espalda a su ahijado, para que no viera que tenía los ojos llenos de lágrimas. Después lo haló por un brazo y lo llevó al comedor, donde lo hizo sentarse junto a ella sin dejar de acariciarle el pelo y las manos, como si hubiera sido el mismo muchachito que, años atrás, inventaba pretextos en su casa para quedarse a dormir con sus padrinos.

"Es que no me siento bien, papá, y como mi padrino es médico, mejor me quedo a dormir allá, para que él me cure si me pongo peor de madrugada", decía entonces, fingiendo cualquier malestar.

Clemencio sabía que estaba mintiendo, pero sonreía y permitía al niño dormir donde sus padrinos, agradecido del amor que estos le habían entregado sin condiciones, a falta de los hijos que Dios les había negado.

"Cuéntame, Eduardito, ¿es verdad que te has metido a artista?".

"Sí, madrina. ¿No viste mi película?".

"¡Ay, mijito! Tú sabes que en el cine de este pueblo todavía andan por las películas de Canillitas".

La risa de ambos fue interrumpida por la voz del doctor Mendoza, que acababa de llegar.

"Ahora resulta que mi ahijado viene de visita al pueblo, después de tanto tiempo, y su padrino es el último que se entera".

El primero en deshacer el abrazo fue el doctor Mendoza, enemigo como era de mostrar sus debilidades enfrente de su mujer. Después se dirigió a ella, que miraba la escena con ternura, y le pidió con la voz más seca que pudo:

"Eulalia, ¿no nos vas a invitar a un café con leche?".

"Sí, Porfirio. Ya sé que te quieres quedar solo con el niño. Pero no lo vayas a acaparar, que yo también quiero chacharear con él".

"Condenada vieja, ¡siempre me adivina el pensamiento!", refunfuñó el doctor.

Porfirio Mendoza le pasó un brazo por los hombros a Eduardo y comenzó a caminar en dirección al patio, para estar seguro de que Eulalia no podría escuchar lo que tenía que decirle a su ahijado.

“Eduardo, ¿tú todavía estás metido en la revolución?”.

“Padrino, la revolución es el futuro de la humanidad”.

“Pues ¡qué jodida está la humanidad, entonces!”.

“Tú hablas así porque eres de otra época, padrino”.

“¿Cómo puedes estar de acuerdo con los fusilamientos, con los alzados torturados y asesinados sin juicio?”.

“Asesinados no, ajusticiados. Ésa es la justicia revolucionaria”.

“¡Justicia de mierda! Pero en fin, nadie escarmienta por cabeza ajena”.

“Yo estoy del lado de la verdad, padrino”.

“Acuérdate que una mentira, muchas veces repetida, se convierte en una verdad. Ojalá no tengas que arrepentirte un día”, concluyó el doctor.

“Aquí está el café con leche, no dejen que se enfríe”, dijo Eulalia, que llegaba en ese momento con sendas tazas humeantes, dispersando un olor a canela por toda la casa.

Eduardo bebió el café con leche, con cuidado para no quemarse los labios.

“Ahora dejen de arreglar el mundo. ¿Por qué no vamos a la retreta esta noche? Eduardito, de niño te gustaba mucho”.

“Madrina, ya no soy un niño. Pero no importa, tú sabes que no puedo negarte nada, viejita”.

“¡Viejita, tu abuela! ¡Respétame, majadero!”.

“Te lo digo de cariño”...

“Bueno, está bien entonces. Nos vemos a las siete, en el parque”, dijo el doctor Mendoza, poniendo fin a la broma. Sabía que el asunto de la edad era algo muy serio para su esposa, que aún conservaba la coquetería de quitarse años cuando le peguntaban la fecha de su nacimiento.

Ya en la puerta de la casa, hasta donde la pareja siguió a su ahijado para despedirle, el doctor Mendoza preguntó con aire inocente:

“¿Te pagan muy poco en ese negocio de las películas?”.

“¿Por qué me preguntas eso, padrino?”.

El doctor miró a los pies del muchacho, en sandalias, y respondió:

"Porque veo que no te alcanza el dinero para comprarte medias y zapatos".

Todavía sonriendo por la ocurrencia de Porfirio, Eduardo salió de casa de sus padrinos y se dispuso a cumplir un encargo que le había hecho Román, el director de la película. Tendría que valerse de las relaciones que tenía en el pueblo para conseguir una persona dispuesta a participar en una escena muy peligrosa.

Eduardo estaba tan preocupado por la tarea que tenía por delante que casi tropezó con Ramiro, el borracho del pueblo. Recordaba muy bien cómo él y sus amigos, cada vez que salían de la escuela, se dedicaban a colgarle un rabo de papel en el pantalón, y después perseguirlo riéndose a carcajadas. Al parecer, Ramiro no estaba en uno de sus peores momentos, porque lo reconoció al instante.

"Oye, muchacho, ahora que eres un artista famoso, ¿por qué no me invitas a un trago?".

A Eduardo se le ocurrió entonces que Ramiro podría ser la persona que estaba buscando.

"Te propongo algo mejor. ¿Quieres ganarte cincuenta pesos?".

"¿A quién hay que matar?".

"Ven conmigo y te explico".

Dos horas después, el pueblo entero se congregaba en la acera del Ayuntamiento, donde nadie sabía a ciencia cierta qué iba a ocurrir, pero tenía que ser algo inusitado. Frente al edificio había tres camiones estacionados, con las cámaras, las luces, el vestuario y la utilería necesarios para el rodaje. El equipo de filmación se movía como un enjambre alrededor de los camiones y las luces, cada uno con algo importante que hacer, mientras el director entraba y salía de un automóvil de los llamados "pisicorre", impartiendo órdenes a su paso. Algunos actores llevaban trajes de colores brillantes, parecidos a los que usaban los trapecistas del circo que pasaba todos los años por el pueblo. Alguien señaló hacia lo alto. A treinta metros de altura, en la cúpula del Ayuntamiento, una grotesca figura envuelta en un disfraz de león se acercaba peligrosamente a la cornisa, determinada a lanzarse al vacío. Se hizo un silencio tan denso que se hubiera podido cortar con un cuchillo. Le siguieron los suspiros y las exclamaciones de alivio de los espectadores cuando uno de los artistas se acercó al disfrazado y lo sujetó por un brazo.

"¡Todavía no, Ramiro! Yo te aviso".

Efectivamente, Ramiro estaba tan desesperado por cobrar el dinero que le habían ofrecido, que Eduardo tuvo que detenerlo sujetándolo para impedir que se lanzara a la acera antes de que hubieran tendido la malla que lo protegería de un impacto mortal.

Una vez preparada la red protectora por cuatro utileros que desde lo alto parecían hormigas, atando cuerdas por aquí y tensándolas por allá, el director tomó un altoparlante y dio la orden de comenzar el rodaje de la secuencia.

"¡Cámaras! ¡Acción!".

En medio de la expectación natural de los presentes, Ramiro, convertido en un grotesco león con melena de estambre, se lanzó al vacío. Al parecer, quiso aprovechar al máximo lo que sería su único momento de gloria y, no conforme con dejarse caer, dio varias volteretas en el aire mientras gritaba imitando a Tarzán, para deleite de los que observaban la escena.

"¡Tamangaríiiii...!".

El alarido que salió de sus labios al caer sobre la malla y rebotar varias veces a dos metros del piso fue amortiguado por los estruendosos aplausos de la gente. Ramiro, que hasta hacía tan sólo unos minutos era el hazmerreír de Hormiguero del Campo, pasó a ser en un instante el orgullo de todos los habitantes del pueblo, que lo llevaron en hombros por las calles principales antes de volverlo a depositar en la acera del Ayuntamiento.

Eduardo, sorprendido por la reacción de la gente, se acercó al improvisado actor para pagarle. Ramiro andaba todavía disfrazado, aunque sin la máscara, y se veía sofocado por el calor asfixiante de finales de julio.

"Toma, Ramiro. Estíralo, para que te dure unos días".

"Gracias, Eduardito", respondió guardándose el dinero, todavía emocionado por los vítores y aplausos de sus conciudadanos. "Pero quiero pedirte un favor".

"¿Cuál?".

"¿Me puedes regalar el traje de león?".

Eduardo se rascó la cabeza, mirando preocupado en dirección al lugar donde estaba la vestuarista. Sabía que podía buscarse un problema si le regalaba el traje, pero no se sentía capaz de defraudar al pobre hombre.

"Está bien, quédate con él".

Ramiro se alejó dando saltos de alegría, y Eduardo regresó al interior del edificio, donde demoró aún algunos minutos acordando los detalles de la escena que debía filmar al día siguiente, antes de marchar a casa de sus padres.

Sabía que los viejos estarían disgustados, porque apenas había pasado un par de horas con ellos, y se propuso llevarlos al parque esa noche, junto con sus padrinos, para que se distrajeran un poco. Rosalba aceptaría enseguida, pero con Clemencio la cosa no sería tan fácil. Lo había amenazado con cortarle la melena mientras estuviera durmiendo y Eduardo recordaba que su padre nunca había faltado a su palabra. Tendría que dormir con un ojo abierto y el otro cerrado, si no quería amanecer sin un pelo en la cabeza.

Cuando se acercó a la puerta de su casa, Eduardo se llevó una gran sorpresa. En la acera estaba Gabriel Arcángel, su amigo desde la escuela primaria, cobrando las cuentas de la electricidad como hacía desde la época en que dejó de verlo, pero ahora vestido de miliciano.

"¡Gabriel Arcángel, lo veo y no lo creo!".

El diminuto personaje se detuvo al reconocerlo, y Eduardo lo levantó sin esfuerzo a la altura de su cabeza, para luego comenzar a girar desoyendo las protestas de su amigo, tal y como acostumbraba a hacer en los tiempos en que eran compañeros de juegos. Cuando consideró que era suficiente el bailoteo lo volvió a colocar en el piso, y entonces se agachó para abrazarlo. Ninguno de los dos podía ocultar el contento que les producía volverse a ver.

"Así es que te has metido a payaso, Pitirre", dijo Gabriel Arcángel cuando pudo volver a hablar, sabiendo que el sobrenombre que le endilgó a su amigo cuando eran niños siempre lo sacaba de sus casillas.

"Payaso no, actor, y de primera clase", respondió Eduardo, prefiriendo obviar lo del apodo para que Gabriel no se ensañara. Conocía muy bien la inclinación burlona de quien había sido, por muchos años, su mejor amigo y confidente.

"Pero cuéntame", siguió diciendo. "¿Cómo es eso que ahora eres miliciano? ¿Dónde conseguiste el uniforme? Porque no creo que los haya de tu talla".

"Está hecho a mi medida, mi socio. De los talleres 'Purita', como toda mi ropa. Ése no ha sido el problema. Lo más difícil fue conseguirme un arma que pudiera manejar. La culata del FAL me arrastraba por el piso, así es que tuvieron que darme una metralleta checa".

"Está visto que tú nunca te das por vencido, ¿verdad?".

"Tú sabes que no".

Eduardo y Gabriel se sentaron en el quicio de la puerta, deseosos de seguir conversando un rato.

"No sabes la alegría que me da saber que eres de los nuestros, Gabriel".

"¿Tuyo y de quién más?".

"En serio, compadre, de los que defendemos la revolución. En este pueblo no simpatizan mucho con el Comandante, por lo que he podido escuchar".

Eduardo recordaba la conversación sostenida esa mañana con su padrino.

"No creas, hay de todo", respondió Gabriel. "Lo que pasa es que hay mucho descontento con lo de las tierras. Tú sabes de lo que te estoy hablando, de los campesinos, siempre pegados a sus finquitas y a su ganado. Es muy difícil que cambien de manera de pensar de un día para otro".

"Pero bueno, ya se darán cuenta de su error. Cambiando de tema, ¿por qué no nos vemos esta noche? En el parque, como siempre".

"Qué va, mi hermano, lo siento. Estoy molido, me he pasado el día trabajando y mañana tengo la caminata de los 62 kilómetros, con la Milicia. Mejor ve por casa y almorzamos juntos. Si mamá se entera que estuviste en Hormiguero y no le hiciste la visita, no te lo perdona".

"Tienes razón. Vete a descansar, nos vemos mañana".

Eduardo entró a la casa todavía sonriendo, después de despedir a Gabriel Arcángel. Nunca podría olvidar las veces que le hizo la tarea para que le dejara dar una vuelta en el velocípedo, al que ellos llamaban "el platillo volador". Aunque hacían una pareja un poco extraña, por la diferencia de tamaño, eran inseparables. Cuando faltaban a la escuela, todos sabían que estaban bañándose juntos en el río o cazando tomeguines, por lo que a doña Pura no le costaba ningún trabajo dar con ellos y sacarlos del agua o bajarlos de una mata halándolos por una oreja. Por suerte a doña Pura se le pasaba pronto el enojo, y después de tenerlos una hora arrancando la mala hierba en los canteros del patio, los llamaba para obsequiarles casquitos de guayaba con queso crema o jugo de tamarindo.

"Eduardito, ¿eres tú?".

"Sí, vieja, ya llegué", respondió a su madre, que había escuchado el sonido de la puerta al cerrarse.

La figura menuda y simpática de Rosalba se acercó a su hijo, y lo abrazó amorosamente, recostando la cabeza en su pecho.

"Muchacho, tienes al pueblo entero de cabeza. He tenido la casa todo el día llena de muchachitas que quieren verte y pedirte un autógrafo", se quejó fingiendo disgusto, aunque el orgullo se le salía por los ojos.

"Pues la próxima vez las espantas con una escoba detrás de la puerta, y les dices que yo solamente tengo ojos para ti".

Rosalba rio complacida y le pellizcó suavemente una mejilla, mientras le decía:

"Que te compre quien no te conozca".

"Mira, viejita, deja de protestar. Quítate ese delantal y ponte bien linda, que te voy a llevar al parque esta noche, para oír la retreta".

"¿Ya se lo dijiste a tu padre?".

"No, mamá. No lo he visto desde esta mañana. Pero seguro que él viene con nosotros".

"¿Y quién le dijo a usted que yo salgo a la calle con peludos?".

El doctor Clemencio Guerra, que había escuchado la conversación desde el cuarto, llegó a la sala con cara de pocos amigos. Eduardo adivinó que la cosa estaba más fea de lo que él pensaba.

"Mamá, ve a cambiarte mientras yo hablo con el viejo".

Clemencio lo miró de arriba abajo y luego tomó asiento en su sillón favorito, un mueble antiquísimo que seguía conservando para ver la televisión, pese a las protestas de su mujer.

"Papá, vamos a hacer un trato, ¿quiere?".

Clemencio soltó la risa.

"¿Los pájaros tirándole a la escopeta? ¿Qué trato quieres hacer conmigo?".

"Viejo, no se ponga bravo. Yo sé que a usted no le gusta mi melena".

"Las únicas melenas que siempre me han gustado son las de las mujeres".

"Está bien, pero tiene que comprender que son exigencias del guión".

"¿Del guión?", repitió Clemencio con sorna. "El que escribió ese guión debe de ser afeminado, como todos esos tipos que andan contigo ahora. Pero ellos no me interesan. Me interesas tú, que eres mi hijo, y que has venido a avergonzarme en este pueblo donde nunca me han podido señalar con un dedo, ¿me oíste?".

"Yo no quiero avergonzarlo, papá. Le prometo que, después que terminemos la película, voy a pelarme. Y en la barbería de Horacio. Le doy mi palabra".

"¿Tú sabes lo que estás diciendo? En la familia Guerra nadie ha faltado a su palabra nunca".

"Yo tampoco lo haré, papá. Entonces, ¿viene con nosotros? Allá nos esperan mis padrinos".

"Está bien. Dile a tu mamá que me prepare la guayabera. Y tú, mira a ver si te vistes como Dios manda".

Eduardo y sus padres llegaron al parque en el momento justo en que las campanadas de la iglesia anunciaban las siete de la noche. Los habitantes de Hormiguero del Campo vestían sus mejores galas para disfrutar de uno de los pocos entretenimientos que estaban a su alcance, además del cine y el circo que llegaba al pueblo una vez al año. Todos lucían más animados de lo habitual, debido a la presencia de los artistas de la película que también caminaban por el parque, mirando con curiosidad a las personas que encontraban a su paso.

Enseguida vieron al doctor Mendoza y su esposa, que les habían reservado asiento en un banco, frente por frente a la glorieta.

Mientras las mujeres se saludaban y hablaban de temas domésticos, Eduardo aprovechó para cruzar la calle en busca de unas calabacitas chinas, golosinas que vendían en la cafetería Los Cocos. Los hombres, con el pretexto de no molestar a sus esposas con el humo de los tabacos, se pusieron de pie para comentar las últimas noticias.

"Horacio llegó al mediodía", dijo Clemencio.

"¿Ya hablaste con él?", preguntó Porfirio.

"Muy poco... lo suficiente para saludarle y enterarme de cómo van las cosas en Marabuzal. La gente de Cabargas entra y sale del pueblo cuando les da la gana, porque casi todo el mundo simpatiza con ellos".

"¿Y qué se sabe de las lomas?".

"No tuve tiempo de averiguar más. Mañana pasamos por la barbería, para ver de qué más nos podemos enterar".

En ese momento las mujeres dejaron de hablar entre ellas y Rosalba se dirigió a su esposo:

"Mira, viejo, allí está Evaristo, vendiéndole lista a Laudelina, como siempre. ¿Cuándo se cansará de pintarle fiesta?".

Evaristo Trompa tenía fama de ser el enamorado más fiel de Hormiguero del Campo. Siendo un jovencito acabado de graduarse de bachiller, su padre, el dueño del periódico El Heraldo Montuno, lo mandó a estudiar a Europa. Don Eustaquio Trompa era un aficionado a la ópera y un verdadero conocedor del género. Desde que su hijo nació lo acostumbró a escuchar a Verdi y a Puccini en un fonógrafo que había comprado en España, de modo que, a la edad en que otros niños tararean canciones de cuna, Evaristo repetía de memoria la música de *La Traviata* y *Aída*. Al cumplir los dieciséis años, viajó a Italia para especializarse en dirección musical, carrera que no debía resultarle difícil porque dominaba varios instrumentos: el piano, el violín y el clavicordio.

Pero algo raro debió ocurrirle durante su viaje que torció por completo su destino. Repentinamente su familia dejó de recibir cartas fechadas en Milán y comenzaron a llegar otras de París. Un amigo de don Eustaquio, que viajó a Francia por asuntos de negocios, regresó escandalizado, jurando haber visto a Evaristico entonando las notas melancólicas y tristes de un tango frente a un café de Montmartre mientras los peatones se detenían curiosos y depositaban una moneda en su sombrero. Según se supo más tarde, el correveidile no había mentido. Corría el año 1934, Gardel hacía historia con la película *Cuestabajo* y Evaristo no pudo escapar al influjo de una música que recorría el mundo y se adueñaba de las pistas de baile. Al punto que abandonó sus planes de dedicarse a la ópera y decidió probar fortuna en los barrios bohemios de París.

El Evaristo que regresó a Hormiguero del Campo, ante la imposibilidad de sobrevivir con su voz aterciopelada y el lamento de su bandoneón, era un desconocido para aquellos que lo vieron partir. Hablaba con acento rioplatense, llevaba siempre el pelo engominado y una bufanda enrollada al cuello aún en pleno agosto, cuando no corría una brisa en varias millas a la redonda y el sol derretía las piedras.

Su padre, convencido de que era inútil encargar el periódico a alguien que parecía un figurín de portada de revista barata y que no sabía más que de farras, arrabales y el farolito de la calle en que nació, vendió el diario y usó sus influencias para dejarle a su hijo antes de morir el puesto vitalicio de director de la banda municipal. Desde 1945 Evaristo había conservado el mismo trabajo de batuta principal de la banda de Hormiguero, aunque nunca dejó a un lado su afición tanguera. Afición que alcanzó su punto culminante en 1950, cuando se presentó a un concurso de cantantes aficionados convocado por una estación de radio de la capital y regresó a Hormiguero con el premio que había ganado: una bolsa llena de jabones de tocador Hiel de Vaca.

Poco después de su regreso de Europa, Evaristo comenzó a fijarse con buenas intenciones en Laudelina. Teniendo en cuenta que en el pueblo las muchachas no esperaban a tener veinte años para ir al altar, o para fugarse con el novio, ya ella era considerada una solterona, aunque no sobrepasaba los veintisiete. Laudelina era la única maestra de piano que había en Hormiguero del Campo, y no se perdía por nada del mundo ni una sola retreta de la banda municipal.

Con el paso del tiempo, se hizo costumbre en el pueblo ver a Evaristo galanteándola y acompañándola a darle la vuelta al parque. Se sabía que a ella dedicaba el tango *Cuestabajo*, con el que la banda iniciaba todas sus presentaciones en la glorieta, y que una vez terminada la función la acompañaba hasta la puerta de su casa, aunque nunca se le vio entrar. Al principio todos tenían la esperanza de que la señorita Laudelina se casara con su fiel pretendiente, pero, que se tuvieran noticias, el compromiso nunca se formalizó. Y ya la gente ni hablaba de boda, teniendo en cuenta que la pareja estaba bastante madurita: ella frisaba los cincuenta y él hacía rato que había pasado la media rueda.

Pero eso sí: nadie hubiera concebido asistir a la retreta y no ver a Laudelina sentada en primera fila, mientras Evaristo revisaba y desempolvaba las partituras y de vez en cuando le hacía un guiño cómplice, anunciándole que estaba próximo a atacar las notas de su tango favorito.

"Eso es un amor imposible, pero él es más terco que una mula", comentó el doctor Clemencio Guerra antes de comenzar a saborear los dulces que su hijo había comprado en la cafetería.

Faltaban apenas diez minutos para las siete y quince, hora en que solía comenzar a tocar la banda: ni un minuto más, ni un minuto menos. Evaristo Trompa, con el pelo brillante por efecto de la vaselina y una bufanda de colorines anudada al cuello, se acercó a Laudelina para saludarla antes de subir los escalones de la glorieta.

"Laude, vos estás más bella que nunca esta noche, ¿viste?", le dijo con su mejor tono porteño.

Por toda respuesta, Laudelina agitó aún más el abanico que tenía en su mano derecha. Pero el émulo de Carlitos volvió a la carga.

"A vos dedico mi música, porque sos mi musa y la causa de mis desvelos".

Sin embargo, esta vez Laudelina no estaba para pendejadas poéticas.

"Hasta aquí llegamos, Evaristo Trompa", dijo levantando una ceja excesivamente pintada y apretando con fuerza el abanico entre sus manos. "Estoy harta de tus frases picúas, estoy harta de ser la burla de la gente y estoy harta de ti".

Evaristo parecía haberse petrificado. Ni siquiera abría la boca, mientras Laudelina seguía desahogándose.

"Ya no estamos para romper sillones, Evaristo. ¡Ah!, y de paso, déjame decirte algo que hace muchos años debí haberte dicho... ¡detesto los tangos!".

Cuando los músicos rompieron a tocar, siguiendo los movimientos de la batuta sostenida por Evaristo Trompa, los habitantes de Hormiguero se quedaron mudos de asombro. Por primera vez en casi treinta años, la retreta del parque no comenzó con el tango *Cuestabajo*, sino con el bolero aquel que dice así:

Perdón, vida de mi vida,
perdón, si es que te he faltado,
perdón, cariñito amado,
ángel adorado, dame tu perdón.

La gente demoró apenas unos segundos en reaccionar, dirigiéndose al músico a grito pelado:

"¡El tango, Evaristo!".

"¡Te equivocaste, Evaristo!".

"¡Toca *Cuestabajo*!".

En ese momento, un joven alto y delgado que estaba sentado en la última fila se levantó de pronto, mientras murmuraba algo que nadie pudo escuchar:

"Olvida el tango y canta bolero... Te jodí. Tú mismo te pusiste la soga al cuello, Evaristo", decía el teniente Urquiza mientras se disponía a alejarse de su asiento. Pero un estruendo infernal lo hizo detenerse de golpe, tropezando con la gente que gritaba y corría asustada en medio de una densa oscuridad.

Una bomba había estallado en la planta eléctrica del pueblo, dejando las calles sumidas en las tinieblas y al capitán Arteaga en el más absoluto desconcierto.

Laudelina

¿Que si tengo mucho que contar? Pues imagínese, jovencita. El mes que viene voy a cumplir ochenta y cinco años. Pero guárdeme el secreto, por favor, porque yo le digo a todo el mundo que tengo ochenta. Sí, usted pensará que ya para qué me quito la edad, si hace rato que perdí las esperanzas de pescar un marido. Pero siempre fui muy vanidosa, y prefiero estar muerta mil veces antes que tirarme a vieja. Aquí donde me ve, todavía me cuido el cutis con cold cream, que es lo único que he usado toda mi vida. Me lo pongo en la cara antes de acostarme y cuando me levanto. Nunca me he lavado la cara con jabón, por eso no tengo arrugas y todo el mundo me calcula varios años menos de los que tengo.

Sí, claro, yo conocí a su abuela de usted, que Dios la tenga en la gloria. Era muy buena persona, la más servicial que había en Hormiguero del Campo. Todo el mundo le debía algún favor. Yo la recuerdo cuando era jovencita, tenía tremendo cuerpazo y le sobraban los pretendientes. Todos creíamos que le iba a dar el sí al doctor Mendoza, porque a la legua se notaba que a él se le caía la baba por ella, pero el día menos pensado anunció que se casaba con el en..., quiero decir, con Gabriel Arcángel, que en gloria esté. Y fue muy feliz con él, porque aunque decían las malas lenguas que tenía su carácter, ella también era dura de pelar, así es que cada uno encontró en el otro a la horma de su zapato. Por eso no se puede creer en las cosas que repite la gente. Nada más falso que eso de que 'caballo grande, ande o no ande'. Yo sí creo eso de que 'el perfume bueno viene en frasco chiquito', y el mejor ejemplo de eso fue su papacito... qué digo yo 'papacito', ¡padrazo, con P mayúscula!, porque él odiaba que le dieran un trato especial por su tamaño. Y la verdad es que, para hacer lo que hizo, había que tener unos cojones de gigante, perdonándome la expresión. ¡Oh, sí!, yo vine hace muchos años. El pueblo se había quedado vacío, parecía un pueblo fantasma, y a mi Evaristo se lo llevaron lejos, ¿para qué me iba a quedar yo? Después supe que había muerto, sin haber podido regresar nunca a Hormiguero del Campo. Dicen que en el lugar ese donde lo obligaron a vivir, se sentaba en un taburete a la puerta de su casa, y tocaba piezas imaginarias en una vara de madera como si hubiera sido el teclado de un piano. ¿Quiere saber algo? No me arrepiento de casi nada de lo que he hecho en mi vida. Pero no me van a alcanzar los años que viva para arrepentirme de haber rechazado a Evaristo, el único hombre con el que me hubiera gustado llegar del brazo al altar.

Mensaje #3

A Hércules:

Pasa la cuchilla bajito.

El capitán Arteaga acababa de recibir una comunicación del alto mando que no le había hecho ninguna gracia: esa misma noche llegaría a Hormiguero del Campo un asesor del Ministerio del Interior para hacerse cargo del caso Hércules.

Aunque le costara reconocerlo, sabía que, a medida que iban pasando los días, el caso se hacía más difícil y Hércules se convertía en el agente enemigo más peligroso y escurridizo de toda la zona. Se daba cuenta de que había hecho el ridículo al apoyar la sugerencia del teniente Urquiza, que se pasó la mitad de la noche frente a la glorieta del parque velando a Evaristo Trompa, mientras los alzados, seguramente ayudados por el agente Hércules, dejaban en la oscuridad a todo Hormiguero del Campo.

"En cualquier momento lo mando para la zona de operaciones", se dijo refiriéndose al teniente Urquiza.

En alguien tenía que descargar su rabia y su frustración. Para el capitán Arteaga todos los habitantes del pueblo se habían convertido en sospechosos, principalmente aquellos que acostumbraban reunirse en la barbería de Horacio Pastrana. Según lo reportado por un informante de suma confianza, el barbero había viajado dos semanas atrás a Marabuzal, para acudir al velorio de un viejo amigo, y había regresado sin contratiempos a pesar de que casi nadie se atrevía a coger carretera por aquellos días, temiendo encontrarse con las guerrillas que operaban en las zonas aledañas.

El mensaje más reciente, descifrado por el Departamento de Criptografía, con la orden de "pasar la cuchilla bajito", le había llevado a sospechar que Horacio sabía mucho más de lo que aparentaba, por lo que esa mañana la barbería tendría más clientes de lo habitual: los agentes encargados de no quitarle la vista de encima.

El capitán Arteaga escuchó un escándalo proveniente de la calle y se asomó a la ventana para descubrir de dónde provenían las voces. Por la acera de enfrente caminaba Ramiro, el borracho, vestido con el disfraz de león que había usado en la filmación de la película, y llevando la máscara debajo del brazo. Tras él corría un enjambre de muchachos entre ocho y catorce años de edad, gritándole todo tipo de nombres burlones. De vez en cuando los niños se callaban, y entonces Ramiro se paraba en seco, tambaleándose por efecto de la borrachera, y los provocaba para que siguieran gritando:

"¡Vamos, a que no me dicen reverbero!".

El capitán, al ver que el grotesco personaje proseguía su camino, con un tropel de muchachos detrás, movió la cabeza en señal de preocupación y se dijo:

"Esto es lo único que faltaba en este pueblo... Menos mal que ya terminaron la película. Los artistas deben de estar a punto de irse".

No le faltaba razón. En esos momentos, y a pocas cuadras de la oficina del capitán Arteaga, Eduardo Guerra preparaba la maleta para regresar a la capital, ayudado por su madre que lo abrumaba con recomendaciones de última hora.

"Eduardito, mijo, no dejes de ponerte los calcetines que te compré".

"Pero vieja, si yo siempre ando en sandalias".

"Pues te sirven para dormir. De niño no podías dejar de usarlos de noche, porque te daba asma".

"Eso era antes, mamá".

Al ver que su hijo terminaba de ordenar la ropa, Rosalba le recordó:

"No dejes de visitar a doña Pura antes de irte. Ayer la vi en la carnicería y está muy sentida contigo, porque no la has ido a ver".

"Sí, vieja, no te preocupes", dijo Eduardo mientras se abotonaba la camisa frente al espejo de la cómoda. "Ahora voy a pelarme, para complacer al viejo, y después paso por casa de Gabriel Arcángel".

Una vez en la calle, Eduardo notó que, además de la pareja uniformada que se mantenía de guardia día y noche delante del edificio del Ayuntamiento, había un tránsito inusual de milicianos portando armas largas. El clima de guerra que se había apoderado del pueblo se podía respirar en cada esquina, como si de un momento a otro pudiera comenzar una confrontación a muerte con un enemigo invisible.

"Esto está del carajo", pensó . "Menos mal que me voy esta tarde".

Al llegar a la barbería, se reencontró con el olor a talco y loción de afeitar que tanto le gustaba de niño, y recordó las pataletas inútiles en el sillón de Horacio, para que su padre se conmoviera y no diera la temible orden: "Horacio, ¡a la malanguita!".

El horrible pelado "a la malanguita", que su padre consideraba perfecto para él, consistía en un rapado por toda la cabeza, exceptuando una pelusa a modo de cerquillo sobre la frente, y era una verdadera tentación para todos los muchachos de la escuela, que no podían resistirse a darle un cocotazo cada vez que pasaban por su lado.

"¡Eduardito, dichosos los ojos!", le saludó el barbero, abrazándolo efusivamente.

"¿Cómo estás, Horacio? Vine a saludarte y, de paso, a que me tires un recortico... ¡para que no te quejes!".

El fígaro le echó una mirada profesional a la melena que caía sobre los hombros del muchacho y comentó:

"Buena falta que te hace, que no son mangos".

"¿Tengo mucha gente delante?".

"No creas, la mayoría de los que ves aquí vienen a matar el tiempo, en vez de darle vida al barbero", bromeó, antes de seguir atendiendo a Florencio Corona, que esperaba pacientemente en el sillón mientras leía el periódico.

A Eduardo le bastó con mirar a su alrededor para confirmar lo que dijo Horacio. Sentados en dos taburetes próximos a la puerta estaban Pedro Mandarria, un negro que ya parecía andar por los cuarenta y tantos años y que había sido boxeador en sus años mozos, y Rodrigo Veloz, el chofer de alquiler al servicio de los vecinos que necesitaban visitar a sus amistades en los pueblos aledaños o trasladar a algún familiar enfermo al hospital provincial. Los dos estaban embebidos en las piezas de un tablero de damas que sostenían sobre las rodillas, ajenos a la conversación de la gente que los rodeaba.

Eduardo sonrió al recordar que, cuando era niño y no quería comerse el almuerzo que le preparaba su madre, ella le decía que tenía que dejar el plato limpio, para ponerse fuerte y tener los molleros como Pedro Sarría. El ex boxeador, conocido en el deporte de los puños como Kid Mandarria, estaba convencido de que había podido ganar un campeonato de pesos completos porque comía mucha carne y tomaba malta con leche condensada.

"Si usted ve un negro con la piel ceniza, nunca le apueste en el ring, porque está fuera de fonda", decía. "Los negros que comemos bisté tenemos la piel brillosa y sin escamas".

En cuanto al chofer de alquiler, Eduardo sólo recordaba haberlo visto, de niño, dos veces al año: cuando lo llevaba a él y a sus padres a Cienfuegos, a pasar las vacaciones de verano en la playa; y en Semana Santa, ocasión en que viajaban a Trinidad a ver las procesiones.

Los contertulios habituales de la barbería se habían dividido en dos o tres grupos diferentes. Uno lo encabezaba Fermín Madrigal, que en ese momento leía un poema de su más reciente inspiración, en el que abundaban las citas clásicas incomprensibles para la mayoría de los presentes. Desde que Eduardo tuvo uso de razón, comenzó a oír hablar de un libro que estaba escribiendo Fermín hacía muchos años, sobre la historia de la fundación de Hormiguero del Campo y sus pueblos aledaños: Marabuzal y Fanguito. Pero nunca tuvo noticias de que lo hubiese terminado, y mucho menos de que se hubiera publicado jamás. El único que escuchaba con atención el poema era Evaristo Trompa, respetuoso de la vena lírica de su amigo porque él mismo había sido tocado alguna que otra vez por la mano inspiradora de las musas: en su repertorio no faltaban los tangos escritos por él en honor de Laudelina, titulados *Ahogame con tus besos* (así, con acento en la "a") y *Por tu cruel indiferencia.*

Otro grupo estaba formado por Urbino Flores, el boticario y Carmelo Rosales, el dueño de la cafetería Los Cocos, que discutían como siempre del último partido de pelota. Ambos dejaron de hablar para volver la cabeza hacia la puerta, donde se acababa de asomar la figura maciza del doctor Porfirio Mendoza. Al verlo, Eduardo se apresuró a recibirlo con un abrazo.

"¿Cómo estás, padrino?".

El doctor palmeó con una mano la espalda de su ahijado, mientras con la otra sacudía la ceniza de su inseparable habano.

"Creí que no te volvería a ver antes de irte del pueblo".

"Me voy esta tarde, pero sabía que te iba a ver aquí".

Porfirio Mendoza saludó con un gesto de la cabeza al resto de las personas que estaban en el salón antes de preguntarle a Eduardo:

"¿Te vas a pelar con Horacio?".

"Sí, quiero darle ese gusto al viejo antes de irme".

Cuando caminaban por el interior de la barbería aproximándose a Urbino y Carmelo, Eduardo evitó mirar al dueño de la cafetería Los Cocos. En el fondo todavía le guardaba rencor al hombre que pudo haber sido su suegro. Finita Rosales fue su primera novia, cuando él tenía dieciséis años y ella quince. Hacían una bonita pareja, y la muchacha le prometió esperarlo el tiempo que él estaría estudiando en la academia para casarse después. A los seis meses de haber marchado a la capital, Eduardo recibió una carta en la que Finita le explicaba que su padre la enviaría a España, con su madre, de donde viajarían a los Estados Unidos. El viejo Rosales insistía en que no pasaría mucho tiempo antes de que en Cuba hubiera comunismo, y no quería que su hija se quedara en el país mientras los fidelistas estuvieran en el poder. Eduardo aún conservaba la foto que ella le había enviado junto con la carta, en la que se veía sonriendo feliz, con una larga trenza que le llegaba a la cintura.

Antes de reunirse con los amigos de su padrino, Eduardo, tratando de borrar sus pensamientos, le comentó:

"Esto no ha cambiado nada... la misma gente de siempre".

Pero el doctor Mendoza dirigió la vista hacia dos hombres, en los que Eduardo no había reparado hasta el momento y que parecían estar esperando su turno para pelarse o arreglarse el bigote, y repuso, echando mano de su inagotable caudal de refranes:

"No lo creas... éramos pocos y parió Catana".

Eduardo no entendió a qué se refería el doctor, pero no le dio más vueltas al asunto, conociendo su costumbre de rematar cada frase con una sentencia más o menos ambigua, de la que sólo él conocía el significado.

En ese momento Horacio terminaba de pelar a Florencio y llamó a Eduardo para que ocupara el lugar dejado por el funerario en el sillón. Florencio, por su parte, se sumó al grupo integrado por el doctor Mendoza, Urbino Flores y Carmelo Rosales.

"¿Cómo le va, Mendoza?", preguntó Florencio mientras estrechaba la mano de Porfirio.

"Aquí, tratando de no darte el gusto de hacerme el velorio".

Los cuatro rieron el chiste que acababa de hacer el doctor, para luego acercarse a la puerta de la barbería, donde los únicos que podían escuchar lo que iban a conversar eran Mandarria y Rodrigo el taxista. Pero estos estaban tan concentrados en el juego que no prestarían atención a la charla. Después de asegurarse de que "no había moros en la costa", Carmelo inició la conversación en voz baja:

"Lo único que resuelve esto es una intervención de los americanos".

El doctor Mendoza hizo un gesto de disgusto con la mano que sostenía el tabaco, ya para entonces bastante consumido, y rechazó enérgicamente la idea formulada por Carmelo.

"Olvídate de los americanos. Esos no se van a meter en nada hasta que vean que los alzados están ganando la guerra".

"Pues mira que no", lo interrumpió Urbino. "Según me contó Horacio, allá en Marabuzal se comenta que los americanos tiraron armamento y comida con unos paracaídas en las lomas, para apoyar a la gente de Cabargas".

"¿No lo decía yo?", repuso Carmelo. "Ahora sí que se le va a poner dura la cosa a la Milicia".

"Bueno, eso será cuando mejoren la puntería", dijo el boticario. "Los paracaídas cayeron encima de un campamento de milicianos y los alzados todavía los están esperando".

Mientras los cuatro amigos comentaban las noticias traídas por Horacio de Marabuzal, el barbero se disponía a ocuparse de la melena de Eduardo.

"Tengo que cortarte bastante. ¿Te pelo como a tu padre?".

"No, ya cambié de idea", contestó Eduardo con una sonrisa pícara, al recordar que su próximo personaje en el cine sería calvo. "Mejor pélame a la malanguita, como cuando era niño".

"¿Tú estás seguro? Después no quiero protestas".

"Hazme caso, hombre, ¡pasa la cuchilla bajito!".

El barbero no tuvo tiempo de poner manos a la obra. En ese momento se les acercó un joven alto y delgado, con porte militar, que había estado escuchando la conversación mientras fingía esperar su turno para pelarse.

"Levántate ahora mismo y acompáñame", le ordenó el teniente Urquiza a Eduardo.

"¿A dónde?".

"Ya lo sabrás".

Uno de los hombres que acompañaban a Urquiza se acercó también y obligó a Eduardo a levantarse halándolo por el brazo, con el cañón de una pistola pegado a su cuello. Después lo condujo a la salida de la barbería, ante el estupor de Horacio que no encontraba nada inteligente que decir.

El doctor Mendoza se sorprendió aún más, cuando vio pasar a su ahijado por la puerta, apuntado por un arma y conducido por dos hombres a los que sólo conocía de vista. Cuando uno de ellos abrió la puerta de un Chrysler estacionado frente a la barbería, conminando a Eduardo a que se sentara en la parte trasera, Porfirio sólo atinó a preguntar:

"¿A dónde lo llevan?".

Ninguno respondió, pero Eduardo tuvo tiempo para gritar:

"¡Avísale al director, padrino! ¡Esto es una confusión!".

Cuando el carro dobló la esquina, en dirección al parque, todavía el doctor Mendoza no lograba comprender lo que había sucedido.

Todos los clientes y visitantes asiduos de la barbería se habían aglomerado en la acera, cada uno tratando de explicar su versión de los hechos.

"Hay que hacer algo, Porfirio. Eduardito está metido en un lío gordo", dijo Horacio.

Porfirio asintió con la cabeza y se volvió hacia el resto de sus amigos para decir, antes de echar a andar:

"No le avisen a Clemencio. Yo voy a tratar de arreglar esto".

Cuando el doctor Mendoza llegó a la casa de doña Pura estaba tan preocupado por su ahijado que se olvidó de silbar para anunciar su presencia. Sólo empujó la puerta y entró, jadeante y sudoroso por la caminata a toda prisa.

"¡Porfirio, qué sorpresa! No te oí silbar".

"Purita, por Dios, alcánzame un vaso de agua".

Doña Pura creyó que el semblante demacrado del doctor se debía a una subida del azúcar y se apresuró a buscarle lo que pedía.

"Cálmate, Porfirio. Te voy a traer agua de sábila para nivelarte el azúcar".

"¡Qué azúcar ni qué carajo! ¿Dónde está Gabrielito?".

"Gabriel Arcángel está en las prácticas de la Milicia. Ya sabes, marchando, un, dos, tres, cuatro, comiendo mierda y gastando zapatos".

Pero el doctor Mendoza no estaba de humor para reír el chiste. Todavía con la respiración entrecortada contó a doña Pura el problema que tenía Eduardo, y resumió los hechos diciendo:

"Y como yo sé que tu hijo tiene buenas relaciones con esa gente, pensé que me podía ayudar a resolver este asunto".

Cuando terminó de contar lo ocurrido, ya doña Pura se había quitado el delantal y caminaba decidida hacia la puerta.

"¿A dónde vas, Purita?".

"Yo nunca he necesitado de un hombre para resolver mis asuntos, ni siquiera de un hombre como Gabriel Arcángel".

Mientras el doctor Mendoza se dejaba caer extenuado en el sofá de la sala, comenzó a arrepentirse de haberle pedido ayuda a su amiga.

"Esa Purita es de armas tomar... ¡ojalá no se meta en problemas!".

No imaginaba Porfirio cuán cerca estaba de la verdad.

Doña Pura fue directamente a la oficina de la Seguridad del Estado, donde una pareja de milicianos trató de impedirle la entrada.

"No puede pasar, doña Pura".

"Hace veinte años, cuando tu madre se puso de parto, tampoco tú podías pasar. Tuve que usar los fórceps para ayudarte a venir al mundo".

El guardia, confundido por las palabras de la comadrona, tuvo un momento de desconcierto, que doña Pura aprovechó para entrar. En el vestíbulo de la oficina había varios hombres en ropa de civil, con el pelo por los hombros y los pies en sandalias, a los que la mujer reconoció como los artistas de la película que habían filmado en el pueblo. Ignorando la presencia de los visitantes, se dirigió a un hombre uniformado que estaba sentado ante un escritorio, atendiendo los teléfonos.

"Vengo a ver a Lorencito".

"¿A quién?".

"A tu jefe, mijito. Dile que aquí está Pura Gutiérrez".

"Compañera, lo siento, pero el capitán está ocupado".

“Pues de aquí no me muevo hasta que me atienda. Se lo puedes decir”.

Doña Pura tomó asiento frente al escritorio, dispuesta a cumplir su propósito. Después de todo, no era la primera vez que se hallaba en una situación semejante.

Muchos años atrás, cuando se resignó a no estudiar Medicina y se convirtió en la mano derecha de su padre, en los almacenes de ropa primero, y en el Ayuntamiento después, tuvo que vérselas con muchos políticos que pretendieron zafarle el cuerpo pero no tuvieron más remedio que recibirla cuando se presentaba en sus lujosas oficinas. Así le ocurrió con Genaro Cepeda, por ejemplo, el superintendente de la Junta de Educación que hizo fortuna con los fondos destinados a la escuela del pueblo.

“Voy a proponerle algo, señor Cepeda”, le dijo a rajatabla, cuando al fin la recibió después de haber pasado una semana sentada ante la puerta de su oficina. “Tengo las pruebas de que usted está usando los fondos escolares en su propio beneficio. Mande a construir una escuela nueva en Hormiguero del Campo, y yo rompo las pruebas en su cara”.

El hombre se quejó con don Paco Gutiérrez de la desfachatez de su hija. Protestó, peleó y dio de manotazos en el escritorio, pero finalmente mandó a construir la escuela. Y doña Pura sabía que Lorenzo Arteaga era un niño de teta comparado con Genaro Cepeda, que Dios lo tuviera en la gloria.

“Señora, yo le aconsejo que se vaya a su casa y regrese mañana, a ver si el compañero capitán puede recibirla”.

Era el telefonista, que trataba de convencerla para que renunciara a su empeño. Sólo que doña Pura no concebía darse por vencida antes de presentar batalla. De modo que le respondió:

“Y yo le aconsejo que me vaya buscando una cama para dormir aquí esta noche, porque no pienso irme sin ver a Lorencito”.

El guardia se encogió de hombros, sorprendido por el atrevimiento de la mujer, y descolgó uno de los teléfonos para comunicarse con su superior. Después de un corto diálogo que doña Pura no pudo escuchar, le dijo al fin:

"Puede pasar. El compañero capitán la espera".

Lo primero que dijo doña Pura, al penetrar en la oficina donde lo esperaba el capitán Arteaga, de pie junto al escritorio, fue:

"Caramba, Lorencito, qué bien te vinieron los muebles de la alcaldía".

Allí estaba el escritorio de madera preciosa y grueso cristal biselado, la mullida butaca forrada en piel color vino y hasta el juego de plumas estilográficas que tan bien conocía. Todo lo que había sido el entorno de trabajo de su padre, don Paco Gutiérrez, durante el tiempo que fue alcalde de Hormiguero del Campo.

El capitán Arteaga pasó por alto el comentario, bastante desagradable, por cierto, y besó en la mejilla a doña Pura, antes de invitarla a tomar asiento en otra butaca, frente a él.

"Siéntese, doña Pura. ¿en qué puedo servirle?".

"Vamos al grano, Lorencito. Tú me conoces, y sabes que no me gusta andar por las ramas. Suelta a Eduardito".

El capitán Arteaga se puso de pie y le dio la espalda a doña Pura, simulando estar interesado en el paisaje que se veía por la ventana. Sabía que no iba a ser fácil deshacerse de ella, que estaba acostumbrada a conseguir todo lo que se proponía. Pero ya la época en que don Paco era el mandamás del pueblo era cosa del pasado, tenía que entenderlo así.

"Eso no va a ser posible, doña Pura. Ya está aquí la gente del cine, que viene autorizada de La Habana, pero lo estamos interrogando".

"Las cosas no andan muy bien que digamos, ¿verdad, mijito? Vaya, con eso de Manolito otra vez en las lomas".

Al oír mencionar el nombre del comandante Cabargas, el capitán saltó como movido por un resorte.

"¡No me nombre a ese bandido!".

"Oye, y pensar que tú y él eran tan buenos amigos"...

El capitán Arteaga palideció de rabia, pero se controló para no ser descortés con aquella mujer a la que conocía desde que abrió los ojos al mundo.

“Mire, doña Pura, si el muchacho no tiene nada que ver con los alzados ni con la bomba del otro día, lo vamos a soltar. No se preocupe”.

Pero doña Pura no estaba para diplomacias. Y poniéndose de pie, se dirigió al oficial con voz suficientemente alta para que la escucharan desde afuera:

“¡Oye lo que te voy a decir! Cuando estabas en el vientre de tu madre, hice hasta lo imposible por enderezarte, para que nacieras de cabeza como todos los cristianos normales. Pero qué va, no pude. Seguiste sentado”.

Doña Pura se detuvo un instante para respirar, pero al ver que el capitán abría la boca, como disponiéndose a responderle, siguió hablando:

“Sentado naciste y parece que así quieres vivir. ¡Levántate de esta oficina y vete pa’l monte, a buscar a Manolito, que tantos problemas te da! ¡Pero no la cojas con la gente decente!”.

El timbre del teléfono libró al capitán Arteaga del aprieto en que lo había puesto aquella mujer. Hacía mucho tiempo que nadie le hablaba así, mirándolo de frente y sin el miedo retratado en los ojos, y no sabía cómo reaccionar. Escuchó las palabras de la persona que le hablaba al otro lado de la línea y, por la expresión de su cara, doña Pura adivinó que no eran buenas noticias. Después de colgar el teléfono, el oficial se levantó y fue hasta la puerta. La abrió y ordenó a un soldado que esperaba afuera:

“Trae al detenido y entrégaselo a la señora. Dile que tiene tres horas para abandonar Hormiguero del Campo”.

Mientras doña Pura y Eduardo salían a la calle, donde los esperaban ansiosos decenas de vecinos del pueblo, el capitán Arteaga se dejaba caer en la silla de su escritorio, con la cabeza entre las manos. Las noticias, tal y como había dicho la comadrona, no podían ser peores.

Los hombres de Cabargas se habían atrevido a asaltar y prenderle fuego a un campamento de la Milicia en las lomas, a unos 12 kilómetros de Hormiguero. No contentos con esto, impusieron cinco pesos de multa a cada miliciano y los obligaron a bajar al pueblo desnudos y desarmados, donde buscaron refugio con la moral por el piso. En esos momentos las armas incautadas estaban en manos de los guerrilleros, que se habían anotado otro golpe a su favor.

"Lo mismo que hacíamos cuando Batista", se dijo el capitán Arteaga, a quien las palabras de doña Pura le habían hecho recordar ciertos sucesos que hubiera preferido borrar de su memoria.

José Manuel Cabargas era uno de los mejores alumnos del Instituto de Santa Clara, en la época en que Lorenzo Arteaga hacía el bachillerato. Se conocían de toda la vida, por haber nacido en el mismo pueblo, pero no se hicieron amigos hasta la adolescencia, cuando se aliaron para vencer juntos las dificultades propias de dos campesinos transplantados a la ciudad.

Manolito, como le llamaban entonces, fue quien primero le habló a Lorenzo de la conspiración revolucionaria. Juntos se unieron al Movimiento 26 de Julio en la ciudad, hasta que la lucha clandestina se hizo demasiado peligrosa y les ordenaron incorporarse a la guerrilla en el Escambray. Pero para cumplir su objetivo debían conseguir un arma, y para ello nada mejor que despojar de sus rifles a una pareja de la policía.

Lorenzo sabía que su tío, Mariano Arteaga, tenía un revólver que usaba cuando tenía que regresar a altas horas de la noche del central Rosita, donde trabajaba como pesador de caña, para protegerse de cualquier asaltante. Fue relativamente fácil velarlo hasta que se quedara dormido y sacar el arma de la gaveta donde la tenía guardada.

Después de estudiar durante varios días los movimientos de la policía en el pueblo, Lorenzo y Manolito se decidieron por la planta eléctrica, que después de las once de la noche quedaba protegida solamente por dos policías algo viejos ya, que dormitaban en sendos taburetes hasta la salida del sol.

Hasta allá fueron en una bicicleta que consiguieron prestada, algo que no tenía por qué levantar sospechas tratándose de muchachos de su edad. Si alguien les hubiese preguntado, habrían podido decir que iban a visitar a una novia. Los policías, con los rifles sobre las piernas, ni siquiera se movieron de donde estaban cuando los vieron acercarse. Lorenzo los apuntó con el revólver, pero a la hora de la verdad, no pudo reunir el valor suficiente para apretar el gatillo.

"¡Dispara, Lorenzo, no seas pendejo!".

Ni siquiera el grito de Manolito logró darle ánimos para llevar adelante la misión que debía cumplir. Su amigo, al verlo titubear dándole tiempo a los guardias para reaccionar, le arrebató el arma y ordenó a los policías que entregaran los rifles y entraran en la instalación, para tener tiempo de escapar.

En la época en que estuvieron en las lomas, peleando a las órdenes del comandante Eloy Contreras, nunca volvieron a referirse a aquel día. Lorenzo llegó a pensar que su amigo había olvidado el incidente, hasta la noche que les designaron a los dos la guardia que tendría que vigilar la entrada del campamento. De madrugada fueron sorprendidos por una compañía del ejército y tuvieron que enfrentarla a tiros. Aquella vez Lorenzo tampoco atinó a disparar su arma, y al darse cuenta, Manolito le lanzó a la cara la frase que desde entonces no había dejado de perseguirlo ni un solo día:

"¡Dispara, coño! ¿Ya te apendejaste otra vez?".

Si bien era verdad que, de no haber sido por Cabargas, Lorenzo no hubiera podido hacer el cuento, éste no pudo perdonarle a su amigo de entonces el haber presenciado su peor acto de cobardía, el haber sido testigo de su más vergonzoso secreto.

El capitán Arteaga miró la hora en su reloj de pulsera y advirtió que pronto sería de noche. Otro día más estaba llegando a su fin, y aún no tenía la menor idea de quién podría ser el agente Hércules, el colaborador más importante de José Manuel Cabargas en el poblado de Hormiguero del Campo.

"Lo mejor que hago es ponerme a trabajar", pensó, y se dio a la tarea de releer y ordenar el voluminoso *file* que sacó de una gaveta y colocó sobre el escritorio, donde guardaba los documentos concernientes al caso que le ocupaba.

Todavía estaba enfrascado en esta tarea, pasadas las cuatro de la madrugada, cuando una extraña caravana avanzó por la calle principal del pueblo hasta detenerse junto a la acera del Ayuntamiento, frente a la oficina de la Seguridad del Estado.

A la cabeza de la caravana marchaban dos jeeps militares, seguidos de una camioneta cerrada y un automóvil Oldsmobile 88. De cada uno de los jeeps descendieron cuatro soldados, portando fusiles FAL, y a pesar de que a esa hora la calle estaba desierta, formaron un cordón de seguridad alrededor del automóvil. Otros dos hombres y una esbelta mujer, también vestidos de verde olivo, se bajaron de la camioneta y procedieron a transportar al interior de la oficina unas cajas voluminosas y algunos objetos entre los que sobresalían varias docenas de libros y un espejo de cuerpo entero. Una vez trasladado el cargamento, la mujer, que parecía tener mayor jerarquía que sus acompañantes, hizo una señal con la mano y el chofer del automóvil se bajó para abrir la puerta trasera. Al mismo tiempo apareció la figura de otro militar que viajaba del lado opuesto del chofer, portando una subametralladora rusa PPSH, de las que sólo usaban las escoltas de militares de muy alto rango.

De la puerta abierta por el chofer comenzaron a salir unas piernas bastante más largas de lo normal, embutidas hasta las rodillas en botas de caña alta, y a continuación fue apareciendo el cuerpo de un hombre que parecía no tener fin. Una vez puesto de pie, el extraño personaje debía de medir casi un metro ochenta. Vestía de completo uniforme verde olivo y, algo que llamó la atención hasta de sus mismos acompañantes: a esa hora de la madrugada, llevaba espejuelos oscuros.

El hombre dio tres pasos en dirección a la oficina del capitán Arteaga, pero pareció haber olvidado algo. Dio media vuelta y regresó al carro para sacar del asiento trasero una gorra y una fusta de caballería. Luego siguió su camino.

El único testigo de la llegada del coronel Rudolf Eisenhand, asesor extranjero del Ministerio del Interior, a Hormiguero del Campo, fue Ramiro Almanza, que aún enfundado en su traje de león, descansaba de los trajines del día anterior tirado cuan largo era a los pies de la ceiba del parque. Después de observar la escena, Ramiro se encogió de hombros y se volvió hacia el otro lado para seguir durmiendo, no sin antes comentar para sí:

"Coñooo... ¡llegaron los bolcheviques!".

Eduardo

La gente suele tener muy mala memoria, pero yo no. Creo que, con el paso del tiempo, el pasado se ha reacomodado en mi cabeza, permitiéndome ver con mayor claridad lo que en el momento de ocurrir no pude comprender, debido a la rapidez de los acontecimientos. Recuerdo que, cuando estaba en el instituto de bachillerato, estudiamos en literatura una obra de teatro titulada Casa de muñecas. El profesor solía decir que el portazo de Nora, la protagonista, al abandonar a su marido, había significado un viraje en la historia de la literatura, una entrada triunfal en la modernidad de las letras. Mi arresto en Cuba fue mi portazo, o más bien un trancazo en la cabeza que me despertó a la realidad y me mostró cuán ingenuo había sido al creer en aquella farsa. Lo que en otro país cualquiera no hubiera pasado de ser una broma entre amigos provocó que fuera acusado, perseguido, señalado como el peor de los enemigos. Si la suerte no me hubiera ayudado, tal vez me habrían fusilado. O hubiera tenido que cumplir veinte años en una cárcel. ¿Y todo por qué? Lo que dije en una noche de bohemia era lo que pensaban millones de compatriotas, sólo que ellos habían aprendido ya a fingir, a silenciar su más recóndito deseo para comprar su seguridad y no meterse en problemas. Como había hecho yo hasta ese momento. Gracias a que choqué con la realidad de la peor manera pude escapar a tiempo y darle a mi hijo una vida mucho mejor de la que le hubiera tocado vivir en mi país. ¿Mis películas? La primera que hice, nunca más volvieron a exhibirla. Y la que dejé inconclusa, volvieron a filmarla con otro actor en el personaje que yo hacía. No, yo hace mucho que perdí la ilusión de estar en un escenario o en el reparto de una película. Aunque un poco tarde, me gradué en el college, me hice profesor y ahora doy clases de actuación a los jóvenes. Quién me lo iba a decir.

Mensaje #4

A Hércules:

Sonó la campana. Eviten ganchos de izquierda.

El coronel Rudolf Eisenhand, o el asesor Rodolfo, para los oficiales de la Seguridad del Estado, se había esmerado en lucir una apariencia impecable durante su primera reunión de trabajo en la oficina de la acera del Ayuntamiento.

Tres veces hubo de plancharle el uniforme su ayudante personal, una mujer joven que respondía al nombre de Gladys, por una u otra arruga imperceptible para el ojo de un ser humano común, pero no así para Rudolf.

Solamente después de examinar cuidadosamente su imagen ante el espejo de cuerpo entero, por tercera o cuarta vez, desde la gorra verde olivo hasta las lustrosas botas que le llegaban a las rodillas, el coronel sonrió satisfecho.

"Wunderbar!", exclamó.

Luego se colocó los espejuelos oscuros y salió de la habitación donde había dormido un par de horas, yendo al encuentro de los hombres que le esperaban con impaciencia. El capitán Arteaga le saludó marcialmente y, después de recibir la debida autorización del importante personaje, lo presentó a su equipo de trabajo.

"El asesor Rodolfo ha venido a encargarse del caso Hércules".

Luego, volviéndose hacia el asesor extranjero, que permanecía con los ojos ocultos por los lentes de sol, preguntó:

"Coronel, ¿dónde está su intérprete?".

El oficial le dirigió una sonrisa levemente pronunciada por el lado derecho de la boca, y respondió en perfecto español, ceceando un poco al estilo de la Península, aunque con marcado énfasis en las erres:

"Como ve, no necesito traductor. Mi madre es española y yo crecí hablando español".

"Entonces, estamos a sus órdenes".

El visitante, que por su porte erguido lucía aún más alto de lo que ya era, tomó asiento ante el escritorio que le habían designado y dijo, mientras comenzaba a hojear las páginas de un voluminoso *file*:

"Pueden irse. Los veré de nuevo en media hora".

Apoyó esta última frase con un gesto de la mano que sin lugar a dudas significaba "déjenme solo", por lo que todos los presentes, incluyendo al capitán Arteaga, abandonaron la oficina de inmediato, sin una palabra más.

"Qué carajo se creerá este nazi de mierda", pensaba el capitán mientras se alejaba. "Acaba de llegar y ya se cogió mi oficina".

Serían poco más de las siete de la mañana y un sonido insistente que salía de su estómago le recordó que no había comido desde la noche anterior.

"Tanto café en la madrugada me va a hacer daño. En cualquier momento me da una úlcera", se dijo, y decidió ir hasta la cafetería de enfrente a comer algo.

A esa hora había pocos clientes en la cafetería Los Cocos, por lo que el capitán Arteaga se sorprendió al ver un grupo de personas reunidas alrededor de Ramiro Almanza, quien repetía una y otra vez la misma frase sin que nadie lo tomara en serio:

"Les digo que en el pueblo hay un bolchevique... ¡yo lo vi cuando llegó!".

Ya las personas comenzaban a dispersarse ordenando su desayuno, cuando Ramiro vio al oficial que llegaba. Lo señaló con un dedo y gritó:

"¡Si no me creen, pregúntenle al comandante!".

Todos se volvieron en dirección a la puerta, de modo que el capitán no pudo ignorar la pregunta insinuada por Ramiro.

"Oye, chico, ¿no es muy temprano para que ya estés borracho?".

Y metiéndose la mano en el bolsillo, agregó:

"Mira, toma un par de pesos y cómete algo, para que despejes la borrachera".

Ramiro se apresuró a tomar el dinero que le alcanzaba el capitán, para luego salir de la cafetería entre las risas de los que habían estado escuchándolo. Arteaga se sentó en una esquina del mostrador y comenzó a esperar que le tomaran la orden, pero la voz de alguien sentado a una mesa a sus espaldas le hizo volverse.

"Las cosas que se le ocurren a ese Ramiro, ¿verdad? El alcohol lo tiene turulato".

El capitán reconoció a Gabriel Arcángel, el hijo de doña Pura, al que, por cierto, debían resultarle muy incómodas las sillas de la cafetería, porque los pies no le llegaban al piso.

"Hola, Gabriel. ¿Y eso, tú tan temprano por aquí?".

"Yo empiezo a trabajar a las ocho. Ahora que me acuerdo, déjeme decirle que ayer pasé por su casa a cobrar la electricidad, pero no había nadie. Le dejé la cuenta por debajo de la puerta. ¿La vio?".

Al capitán no le dio tiempo a contestar que hacía más de tres días que no iba por su casa, porque Carmelo esperaba por su orden.

"Tráeme un café con leche, clarito, y pan con mantequilla".

Carmelo Rosales se alejó en busca de lo que había pedido y el capitán Arteaga se volvió de nuevo hacia la mesa donde estaba Gabriel Arcángel para responderle, pero ya éste había terminado de desayunar y se estaba levantando para marcharse.

"Adiós, capitán", le dijo, agitando la mano a modo de despedida. "Pero qué cosas tiene Ramiro, ¿eh? ¡Mire que decirle comandante!".

Después se alejó, y el capitán se concentró en el desayuno que acababan de traerle. Mientras mojaba un pedazo de pan en el café con leche, una pregunta no dejaba de darle vueltas en la cabeza.

"¿Cómo este borracho supo lo del asesor?".

No estaría de más seguirle los pasos, para que no hablara más de la cuenta.

Sin embargo, ya era demasiado tarde. El comentario de Ramiro, aunque recibido con cierto escepticismo, ya corría de boca en boca por todo el pueblo. Allí mismo, en la cafetería, no muy lejos de donde desayunaba el capitán Arteaga, Urbino Flores hablaba en voz baja con Horacio Pastrana, sentado a su misma mesa.

"¿Oíste lo que dijo Ramiro?".

El barbero tomó un sorbo de café y miró a ambos lados antes de contestar:

"Eso está muy raro... Yo nunca he visto un ruso en Hormiguero del Campo".

"Exceptuando a Iván, el ferretero, ¡y ése espantó la mula en cuanto los barbudos entraron en La Habana!".

Ambos rieron recordando al viejo amigo que había huído del país, según sus propias palabras, porque no quería volver a encontrarse con los bolcheviques. Luego recobraron una expresión entre seria e indiferente, para no traslucir lo que estaban hablando, y el boticario concluyó:

"Hay que decírselo a Porfirio, a ver qué piensa de eso".

Entretanto el capitán Arteaga pagaba lo que acababa de consumir y regresaba a su oficina, donde en diez minutos lo esperaba el coronel Rodolfo para comenzar la reunión.

Para su sorpresa, el alemán los esperaba, erguido como una palma, frente a un mapa desplegado en la pared y con una fusta de montar en la mano, la que usaba a manera de puntero para indicar las zonas geográficas que señalaba en su disertación.

"Estamos ante un caso mucho más complejo de lo que parece a simple vista", comenzó diciendo.

"Hasta ahora no me has dicho nada nuevo", pensó el capitán Arteaga.

"El agente Hércules no es una persona común y corriente, sino muy astuta y, posiblemente, con una inteligencia superior a la normal".

El coronel se volvió entonces hacia el mapa, señalando una pequeña área en el sureste de Europa.

"Fue aquí, en la Grecia antigua, donde se redactaron los poemas homéricos y se crearon los juegos olímpicos entre los siglos IX y VIII antes de nuestra era"...

"¿Y ése vino de tan lejos a darnos una clase de historia?", seguía pensando el capitán Arteaga.

"...y en el año 146 Roma derrotó a las ciudades griegas, pasando a ser Grecia una provincia romana. ¿Van entendiendo?".

El teniente Urquiza miró de soslayo al capitán Arteaga, sin entender una palabra, pero asintió con la cabeza.

"Entonces proseguimos", dijo el alemán, dando por hecho que todo había quedado claro. "Hércules, en la mitología griega, está identificado con Heracles, el famoso héroe, personificación de la fuerza. Me atrevo a decir que nuestro objetivo es un hombre corpulento, de gran musculatura y fuerza inusual".

"Hubiera empezado por ahí", se dijo el capitán Arteaga a punto de bostezar.

Entre las noches que llevaba sin dormir y la conferencia del alemán, los ojos se le estaban cerrando. Pero hizo un esfuerzo para no perder el hilo. El coronel prosiguió:

"Para expiar el asesinato de su esposa y de sus hijos, el rey de Tirinto, Euristeo, impuso a Hércules doce trabajos imposibles de realizar por ningún mortal".

El capitán Arteaga se concentró en mantener los ojos bien abiertos, mientras preguntaba con fingido interés:

"¿Y usted cree que nuestro objetivo tenga algún parecido con el héroe griego?".

El coronel sonrió de medio lado, sin poder disimular que consideraba estúpida la pregunta, antes de responder:

"La primera similitud es obvia: el nombre que le han asignado. La otra, me inclino a pensar que es el número de mensajes que deberá recibir: doce, como los trabajos de Hércules. Ya hemos interceptado tres".

"Permiso", dijo el capitán Arteaga.

“Puede”.

“Cuatro. Antes de comenzar la reunión me entregaron el cuarto mensaje descifrado. Aquí tiene el texto”, dijo mientras le entregaba una hoja de papel.

“Uhmmmm... muy interesante”.

“¿Qué opina usted?”.

“Está claro. El agente enemigo ha sido avisado de mi llegada al pueblo. ¡Yo soy la campana!”.

“¡Imposible!, dijo el capitán. “En Hormiguero del Campo nadie conoce de su presencia aquí”.

Terminando de hablar, el capitán Arteaga estuvo a punto de morderse la lengua. Inmediatamente recordó el comentario de Ramiro en la cafetería. Conociendo a la gente de Hormiguero, estaba seguro de que en ese momento la llegada del extranjero era la comidilla de todos los vecinos.

“Vamos, capitán Arteaga”, respondió el asesor Rodolfo. “Ustedes los cubanos son... ¿cómo decir?, muy comunicativos... No me extrañaría que ya todo el pueblo supiera que yo estoy aquí. El caso es que el agente Hércules ya ha recibido cuatro mensajes, y si no lo detenemos a tiempo, desaparecerá de la escena después de recibir el número doce”.

“Entonces, ¿qué sugiere usted?”, insistió el capitán Arteaga.

“Primero: concentrémonos en las personas con las características físicas señaladas. Segundo: dediquémonos a levantar la moral combativa de los habitantes de Hormiguero del Campo”.

“¿De qué manera?”.

“Eso lo dejo en sus manos, capitán Arteaga. Utilice su propia iniciativa”.

Y sin una palabra más, el coronel Rodolfo se puso de pie y se encaminó hacia la puerta, dando por terminada la reunión. Al salir de la oficina, dejó tras de sí un penetrante olor a ajos, típico del sudor europeo en tierras del trópico.

"Coño, alguien va a tener que mandarlo a bañarse", se dijo el capitán Arteaga.

Dos horas más tarde, Juan Pedro Solano, el jefe del Batallón de Milicia de Hormiguero del Campo, salía a toda prisa de la oficina aledaña al Ayuntamiento, dispuesto a cumplir lo ordenado por el capitán Arteaga. Debía seleccionar al miliciano más destacado del pueblo, por su activa participación en las tareas combativas, incluida, por supuesto, la marcha de los 62 kilómetros, para entregarle un estímulo extraordinario: una pistola, en un acto al que serían invitados, además de los miembros de la Milicia, todos los habitantes del pueblo. Solano, un empleado ferroviario de poco más de 40 años que desde muy joven se había integrado a las luchas sindicales, se sentía orgulloso de esta nueva misión que la patria le acababa de designar, y estaba dispuesto a poner manos a la obra de inmediato.

"Solano, llegaron los bolcheviques".

Era Ramiro, que al tropezarse con el activista sindical, pensó que se alegraría de conocer la noticia.

"Déjate de repetir las bolas de la gusanera, Ramiro".

El borracho pareció sorprendido de que ni siquiera Solano, al que muchos en el pueblo tildaban de comunista, aplaudiera la llegada del extranjero, pero no se atrevió a insistir. Se encogió de hombros y siguió su camino rumbo a la bodega, para terminar de gastarse el dinero que le había dado el capitán Arteaga unas horas antes.

Mientras Juan Pedro Solano convocaba a una reunión con carácter urgente a los oficiales de las compañías de la Milicia, Fermín Madrigal, el poeta e historiador oficial de Hormiguero del Campo, trataba infructuosamente de entrevistarse con el doctor Armando Rentería, un abogado que había sido su amigo cuando aún eran estudiantes, pero que ahora que ostentaba el cargo de comisionado en la casa de gobierno, se le hacía muy difícil de encontrar.

"Señorita", decía el poeta dirigiéndose a la secretaria del comisionado Rentería, "lo que tengo que hablar con el doctor es un asunto de gran importancia cívica para todos los habitantes de Hormiguero del Campo".

"Ya le dije que el compañero comisionado está muy ocupado y no lo puede atender hoy", respondió la secretaria sin dejar de hojear una revista Bohemia. "Vuelva mañana temprano".

"Mire, señorita, llevo una semana viniendo a hablar con el doctor Rentería y no me acaba de recibir. Haga el favor de decirle que soy yo, Fermín Madrigal".

La muchacha hizo un gesto de fastidio y se levantó alisándose la falda, como dispuesta a salir de una vez del insistente visitante. Entró a la oficina del comisionado y regresó al poco rato con la noticia de que éste lo recibiría, aunque sólo disponía de unos minutos para atenderlo.

Armando Rentería saludó al poeta, sin ni siquiera levantarse de su asiento.

"¿Qué te trae por aquí, Fermín?".

"No te preocupes, que no te voy a robar mucho tiempo. ¿Sabes qué día es el próximo sábado?".

"Al grano, Fermín, que son tantas las cosas que tengo entre manos que no puedo entretenerme en mirar el almanaque".

"El sábado es 2 de septiembre... ¿eso no te dice nada?".

"No, dime, ¿qué pasa ese día?".

"¡Es el centenario de la fundación de Hormiguero del Campo!".

"Está bien. Pero supongo que no habrás venido solamente a recordármelo".

"He venido a eso y a pedirte que autorices a organizar un acto conmemorativo en el parque, tal y como lo amerita la fecha".

"Fermín, tú como siempre, en las nubes. ¿Tú no sabes que la cosa está muy mala para estar lanzando fuegos artificiales?".

"No tiene que ser de noche... Podría ser en la mañana, con un discurso sencillo y muchas flores, depositadas por los niños de la escuela en la ceiba. Como tú sabes, ese árbol marca el punto de donde partió el trazado de las calles del pueblo".

El comisionado se quedó unos segundos pensativo. Después de todo, la idea no era mala. Se podía aprovechar la fecha para destacar la labor de los dirigentes de la revolución y, sobre todo, reafirmar la disposición del pueblo para derrotar a las bandas contrarrevolucionarias que se extendían por la zona.

“Está bien. Habla con Justa Galera, la maestra, para que prepare a los niños. Porque tendrán que ensayar, para que todo salga bien”.

Para Fermín Madrigal ése fue unos de los momentos más felices de su vida. Salió del Ayuntamiento con una sonrisa de oreja a oreja, hablando consigo mismo sobre los preparativos del acto que también serviría, por supuesto, para declamar por primera vez en público un poema escrito por él en memoria de los fundadores del pueblo. Tan contento estaba que no se dio cuenta de que la gente se reía a su paso, al verlo en medio de una expresiva charla mientras caminaba completamente solo. Tendría que ir enseguida a la barbería de Horacio, para anunciar el evento. Pero antes hablaría con la maestra, para acordar los detalles.

Fermín encontró a la señorita Justa a la salida de la escuela, despidiendo a los niños. El cielo amenazaba con un fuerte aguacero y todos tenían prisa en volver a sus casas antes de que comenzara a llover. La maestra, una mujer alta y delgada que debía de estar por los 45 años pero aparentaba algunos más por los gruesos lentes de miope que usaba, se afanaba en abrir un paraguas para cubrirse de la fina llovizna que ya comenzaba a caer.

“Buenas tardes, señorita Justa. Como de costumbre, el día se hace más luminoso con la luz de sus ojos”.

“Fermín, por Dios, qué luminoso ni ocho cuartos con lo nublado que está el día”.

“Hablo en sentido metafórico, Justica”.

“Usted como siempre. Pero bueno, dígame cuál es el motivo de su visita”.

Fermín dejó a un lado sus metáforas y le explicó a la maestra el proyecto que se traía entre manos.

"¿Puedo contar con su ayuda?", preguntó finalmente.

"Está bien. En estos tiempos que todo anda de cabeza, no está mal que los niños aprendan la historia del pueblo que los vio nacer".

"Entonces, ¿puedo visitarla esta noche para hablar con calma?".

"Sí, pero con una condición".

"La que usted diga".

"Que no me lea sus poemas".

El poeta se sintió bastante herido por las palabras de la maestra, pero aceptó pensando que ya buscaría el momento apropiado para decirle algún soneto sin darle tiempo a protestar.

"Hasta la noche entonces".

"Hasta la noche, señorita Justa".

Fermín Madrigal se alejó suspirando y volviendo la cabeza para mirar de nuevo a la mujer, la única del pueblo capaz de entender las citas clásicas y las rebuscadas imágenes de su obra poética. Todavía acariciaba la esperanza de que algún día se decidiera a aceptar su compañía, aunque ella le había demostrado con creces que su ideal romántico se alejaba bastante de lo que era él. En los años que llevaban de amistad, la señorita Justa, a la que todos seguían llamando así imitando a sus alumnos, se había casado dos veces y las dos veces había enviudado. La primera vez, de Pancho Iglesias, un carnicero; y la segunda, de Enidio Zaldívar, el dueño de una tintorería.

"Mujeres, ¡quién las entiende!", se decía Fermín mientras caminaba rumbo a la barbería de Horacio Pastrana.

Afuera caía un torrente de agua, pero adentro del salón había una animación inusual, debido al rumor de la llegada de un ruso al pueblo. La mayoría de la gente no se tomó en serio la noticia divulgada por Ramiro el borracho, pero el tema servía para numerosas conversaciones y más de una broma. Algunos habían llegado a apostar por la veracidad del suceso, uno de los que más había dado de qué hablar en los últimos tiempos en Hormiguero del Campo. El salón estaba repleto, como de costumbre, más por la gente que buscaba distraerse y conversar un poco que por los que iban requiriendo los servicios del barbero. Algunos seguían con atención las notas que tocaba con desgano en la guitarra Paco Mortadella, un músico que se había ganado la vida tocando en fiestas privadas y bares de mala muerte desde que el pueblo tenía memoria, y que acostumbraba pasar de dos a tres horas diarias en la barbería, donde la clientela siempre le obsequiaba una peseta o un trago de ron comprado en la cafetería de enfrente. Otros llenaban un crucigrama o se entretenían ojeando una vieja revista Bohemia. Entre ellos, Mauricio Pintado, el fotógrafo del pueblo, quien a falta de clientes que quisieran retratarse otro día que no fuera de bautizo o cumpleaños, dormitaba con un periódico entre las manos y su vieja cámara de cajón montada en un trípode, para lo que se pudiera presentar. Y la mayoría conversaba sobre deporte o política, al no tener algo mejor que hacer.

"Buenas tardes, señores", saludó Fermín a todos en general.

"No muy buenas que digamos", respondió Horacio. "Espera a que empiecen a caer las goteras".

Todos rieron la ocurrencia del barbero, excepto Pedro Mandarria, que como de costumbre, jugaba a las damas cerca de la puerta, esta vez con Florencio el funerario. Pero Fermín no se iba a dejar aguar la fiesta por un simple aguacero, perdonando la redundancia. Tenía que aprovechar lo concurrida que estaba la barbería para dar a conocer sus planes.

"Traigo la última noticia", dijo en alta voz.

"Sí, ya lo sabemos. Que llegó un ruso al pueblo", repuso Horacio.

"Nada de eso. Escuchen: el próximo sábado a las diez de la mañana, ante la ceiba del parque, el pueblo de Hormiguero del Campo celebrará los primeros cien años de su fundación".

"¡Ah!, era eso"...

El único que se dignó a contestar fue el doctor Clemencio Guerra, alzando la vista por un momento del periódico que leía mientras Horacio le cortaba el pelo. Aunque un poco picado por la indiferencia que causó la noticia, el poeta prosiguió su arenga.

"Espero la presencia de todos mis conciudadanos en el parque en tan señalada fecha, ocasión en que revelaré a la luz pública el más reciente de mis poemas".

En ese momento se acercó a Fermín el ferroviario Juan Pedro Solano, que estaba entre los que escuchaban el improvisado discurso, y dijo, también en alta voz:

"Lo dudo"...

"¿Cómo dice?", preguntó Fermín, sin comprender.

"Digo que dudo que podamos asistir. Porque ese mismo día, a esa misma hora, habrá un acto de la Milicia en el parque. ¿Usted no lo sabía?".

"Usted debe de estar equivocado", respondió el poeta, muy seguro de lo que decía. "Esta mañana el comisionado Rentería me dio su autorización para el acto del centenario".

"Y esta misma mañana el capitán Arteaga, máxima autoridad militar de este pueblo, me habló para que coordinara el acto patriótico de la Milicia, para que lo vaya sabiendo".

En medio del silencio que siguió a este acalorado diálogo entre el poeta y el activista sindical, el doctor Clemencio Guerra le susurró a Horacio:

"¿Cuánto apuestas a que el poeta se queda con las ganas?".

Pronto se olvidó el debate. Al parecer la partida que sostenía en ese momento Pedro Mandarria con Florencio Corona era la decisiva para el desempate, y el ex boxeador alardeaba en alta voz cada vez que hacía una jugada que creía le iba a dar la victoria. La atención de todas las personas que estaban en la barbería, imposibilitados de salir por el aguacero, se volcó en el tablero y en los comentarios del fanático jugador, cuando de pronto se oyó la campana de un carrito de helados que pasaba de retirada por el frente de la barbería. El heladero empujaba el carrito a toda prisa, convencido de que nadie estaría dispuesto a mojarse aquella tarde para saborear un mantecado.

Pedro Mandarria, como cada vez que escuchaba una campana que le recordaba sus viejos tiempos en el ring, salió a todo lo que le daban las piernas en dirección al heladero.

"¡Vamos, pelea de frente!", le decía al pobre hombre que, sin entender una palabra, no atinaba a responder.

Pero Horacio sí sabía de qué se trataba. Conocía a Mandarria desde sus tiempos de boxeador, cuando llegó a pelear en la capital con los campeones más célebres de la época. Sólo que, con los años, a consecuencia de los golpes en la cabeza, se convirtió prácticamente en un desquiciado que al sonido de una campana le emprendía a golpes contra el que se le parara delante.

Horacio salió a la acera, seguido de la mayoría de las personas que estaban en la barbería, para tratar de detener al ex boxeador.

"Vamos, Mandarria, tranquilízate", le decía el barbero. "¿No ves que es el heladero?".

El dueño del carrito de helado estaba más pálido que una vela, mientras Pedro Mandarria seguía retándolo.

"¡Tú no sabes con quién te has metido! ¿No ves que yo soy un peso completo? ¡Deja que te meta un gancho de izquierda, que te voy a regar por el piso!".

Mientras cuatro hombres ayudaban a Horacio a sujetar a Mandarria, Mauricio Pintado cruzó la calle rápidamente y desapareció en el interior de la cafetería.

"¡Te dije que te cuidaras de un gancho de izquierda! ¡Acuérdate que yo soy un peso completo!", seguía diciendo el ex boxeador cuando dos hombres, vestidos de milicianos, salieron de la cafetería y se le acercaron con la intención de obligarlo a acompañarlos. Fue entonces que, al sentir las manos de los desconocidos tratando de empujarlo, el desquiciado se olvidó del heladero y comenzó a descargar su furia sobre los intrusos, con golpes de sus recios puños que los dejaron fuera de combate en cuestión de segundos.

El fotógrafo, que permanecía semioculto detrás de una columna del portal de enfrente, esperando el desenlace de la pelea, al ver a los milicianos tirados bocarriba en medio de la calle, volvió a entrar en la cafetería.

"¡Cálmate, Mandarria, deja eso!", decía el barbero, a una distancia prudencial del boxeador que lejos de calmarse, parecía aún más excitado y con deseos de enfrentar a otro contrincante.

"¿Quién se tira ahora?", gritaba desorbitado, con los puños cerrados y lanzando golpes al aire, mientras el tumulto de transeúntes crecía cada vez más, a pesar de la lluvia.

En ese momento se detuvieron tres automóviles junto a la acera, con un chirrido de frenos, y de ellos descendieron media docena de milicianos armados. Sin dejar de apuntar a la cabeza del boxeador, lo tomaron de ambos brazos y le ordenaron subir con ellos a uno de los vehículos. Mandarria, al ver las pistolas, dejó caer los brazos dócilmente y los siguió sin oponer resistencia, como si unos segundos antes no hubiera pasado nada.

"¡Carajo!", dijo Horacio, "si siguen llevándose gente presa me voy a quedar sin clientes".

Unos días después ya nadie hablaba del arresto de Pedro Mandarria, de quien no se había vuelto a saber el paradero. El tema del momento era el acto de la Milicia, que se iba a celebrar pese a las gestiones de Fermín Madrigal que se pasó horas en el Ayuntamiento, rogándole a la secretaria del comisionado Rentería que lo dejara pasar. De nada le valió.

En la mañana del sábado 2 de septiembre, con el batallón de Milicia formado en atención frente a la ceiba del parque, y sin una sola alusión a la fundación del pueblo, daría comienzo el acto propuesto por el capitán Arteaga para, cumpliendo la orden del coronel Rodolfo, elevar la combatividad revolucionaria de los habitantes de Hormiguero del Campo.

Toto, el jardinero del parque, estaba desde las seis, como todos los días desde que tuvo uso de razón, regando las buganvilias y desyerbando los canteros de mariposas. Acostumbrado como estaba a conversar con las plantas, regañar a las que comenzaban a dejar caer sus hojas marchitas y elogiar a los bejucos que reverdecían después de un injerto, apenas notó que la gente del pueblo comenzaba a llegar en grupos y se detenían junto a la glorieta donde colgaban las campanillas blancas, moradas y amarillas. Después de todo, él estaba allí para hacerse cargo de los canteros, no para saludar a la gente que llegaba. Así había sido siempre, desde que su padre era el encargado del parque, y los llevaba a él y a sus hermanos mayores para que lo ayudaran a podar las enredaderas. Porque Toto fue el más chico de la familia Prieto. Su madre, la difunta María de la Concepción del Sol, le hizo honor a su nombre: todos los años concebía un hijo, y ya iba por los once partos cuando quedó embarazada de Totico. Como andaba por los cuarenta y dos años, confundió los malestares de la preñez con los de la menopausia, de modo que cuando estuvo consciente de su estado, ya iba por el cuarto mes de gestación y no tuvo tiempo de interrumpir el embarazo como había estado haciendo por los últimos cinco años. El viejo Laureano Prieto se alegró, como siempre que su esposa le anunciaba la próxima llegada de un nuevo miembro de la familia, repitiendo el gastado refrán que rezaba: "cada niño viene al mundo con un pan debajo del brazo". Mamá Remigia, que así le decían a la comadrona del pueblo en aquel entonces –faltaban muchos años todavía para que doña Pura asumiera esa función–, no más le echó una mirada a la panza inflada de María de la Concepción, le aseguró que esa vez sí vendría la tan esperada niña. De modo que, cuando llegó la hora del parto, una madrugada en que el viejo Laureano desyerbaba unos viveros en el patio, ayudado por dos de sus hijos, todos esperaban recibir a una hembra que llevaría el nombre de Remigia de la Concepción, en honor de su madre y de la partera. En el momento en que la parturienta pujaba con todas sus fuerzas para expulsar el fruto de sus entrañas, Laureano estaba enfrascado en una interminable discusión con Yayo, su hijo mayor, por la identidad de un retoño pequeñísimo, verde brillante con matices naranjas y violetas, que acababa de descubrir en un cantero.

"Es manto", porfiaba Yayito.

A lo que el viejo replicaba por tercera vez:

"No parece, te digo que es croto".

La porfía se había alargado por espacio de varios minutos cuando Totico se asomó por entre los muslos de su madre, haciendo exclamar a la comadrona:

"¡Otro macho, María! ¿Cómo le ponemos?"

En ese momento se escuchó la voz de Laureano que, cansado de que le llevaran la contraria, gritó a todo pulmón:

"¡Es croto, coño!".

"Ya lo oíste, comadre", dijo Remedios. "El niño se llamará Escroto".

Inútiles fueron todos los esfuerzos del cura del pueblo para convencer a Laureano de que no podía bautizar al niño con tan extraño nombre.

"Además, Laureano, de que no está en el santoral, no puedes llamar a tu hijo del mismo modo que se llama a lo que tienes entre las piernas", decía el buen hombre.

Pero Laureano veía por los ojos de su mujer, y si a ella le había gustado ese nombre, mejor ni hablar. Así se llamaría. Sólo que lo bautizaron como Remigio de Jesús, para que tuviera un nombre cristiano. Pero eso sí, en la inscripción de nacimiento quedó plasmado el nombre que le marcaría de por vida: Escroto Prieto del Sol. Toto se le quedaría finalmente, gracias a su hermana. Porque María de la Concepción volvió a quedar embarazada cuarenta días después del nacimiento de su hijo menor, y esa vez sí vino la ansiada hembra, Remigia de la Concepción, quien al decir sus primeras palabras, imposibilitada de repetir el enrevesado nombre de su hermano, le impuso el diminutivo de Toto, salvándolo para siempre de la vergüenza de presentarse ante sus amigos con el absurdo nombre que le designó el azar.

"¿Mucho trabajo, Prieto?".

El jardinero levantó la vista y vio al doctor Porfirio Mendoza parado frente a él mientras absorbía el humo de un habano acabado de encender. El doctor era una de las pocas personas del pueblo que conocían su verdadero nombre, pero fuera por pudor o por discreción, el caso es que se había acostumbrado a llamarlo por su apellido.

“Más o menos como siempre, doctor. Y usted, ¿cómo anda?”.

“Aquí, esperando la fiesta”, contestó Mendoza mientras tomaba asiento en uno de sus bancos favoritos, justo debajo de la ceiba.

“¿Qué fiesta?”, preguntó Toto con cara de asombro, como si acabara de percatarse de lo concurrido que estaba el parque a hora tan inusual.

“¡Caramba, chico! La verdad es que tú vives en Babia... Todo este alboroto es por un acto que van a hacer los milicianos”.

El jardinero miró a su alrededor y vio que, efectivamente, la mayoría de las personas que estaban en el parque vestían el uniforme de la Milicia: pantalón verde olivo, camisa de mezclilla azul y boina negra. En la glorieta dos hombres, también uniformados, habían colocado una improvisada tarima y probaban el funcionamiento de un micrófono, conectado a dos enormes bocinas a ambos lados del podio. Al fondo de la tarima que serviría de tribuna colgaba un cartel, atado a las columnas laterales de la glorieta, con una frase del Gran Comandante: “Esta revolución es del pueblo”. Desde la esquina aledaña a la iglesia se aproximaba una larga fila de escolares, portando ramos de flores y ondeando banderitas de papel rojinegras y tricolores. Ya se podían escuchar, desde donde conversaban el jardinero y el médico, las consignas que venían coreando: “¡Paredón pa’ los gusanos, paredón! ¡Cuba sí, yanquis no!”.

“Lo único que me faltaba. Usted verá cómo me van a dejar el parque los vejigos... lleno de papeles. Cuando se cansen de aguantar las banderitas las van a tirar en el césped, para que después tenga que venir yo a limpiarlo”.

El doctor Mendoza se encogió de hombros, como dándole a entender al jardinero que nada se podía hacer para evitar el desastre que se avecinaba.

Mientras tanto, el batallón de Milicia se formaba en atención frente a la glorieta, obedeciendo la orden de Juan Pedro Solano. El capitán Arteaga se acercó al podio, seguido del teniente Urquiza y el comisionado Rentería, justo antes de que comenzaran a sonar las notas del Himno Nacional. El murmullo de la gente dio paso a un respetuoso silencio. La mayoría de los hombres del pueblo, que llevaban sombreros de yarey, se descubrieron la cabeza, y Porfirio Mendoza se puso de pie, al igual que las otras personas que hasta entonces habían estado sentadas en los bancos. Una vez terminado el himno, volvieron a escucharse las consignas coreadas por los niños, pero cantadas con una tonada alegre y pegajosa:

"Si las cosas de Fidel
Son cosas de comunista
Que me pongan en la lista
Que estoy de acuerdo con él.
Cuba sí, Cuba sí
Cuba sí, yanquis no..."

"Batallón, ¡atención! En su lugar, ¡descansen!".

Era Solano, que tuvo que esperar varios minutos hasta que los niños fueron bajando la voz, los gritos se convirtieron en un murmullo y poco a poco se hizo silencio.

"Tiene la palabra el compañero capitán Lorenzo Arteaga, jefe de operaciones del Ministerio del Interior en el sector de Hormiguero del Campo".

"Compañero comisionado", comenzó diciendo el capitán Arteaga.

"Compañeros representantes del pueblo uniformado, compañeros del Ministerio del Interior. Nos hemos reunido para destacar la patriótica actitud de un compañero miliciano que supo dar el paso al frente y participar en forma destacada en todas las tareas de la defensa contra nuestros enemigos contrarrevolucionarios y agentes pagados por el imperialismo yanqui"...

"Esto va para largo", pensaba Porfirio mientras encendía otro habano.

"Nuestras Milicias, codo a codo con los combatientes del Ministerio del Interior y del glorioso Ejército Rebelde, han formado un escudo impenetrable contra el cual se estrellan todos los intentos imperialistas y contrarrevolucionarios por destruir las conquistas del pueblo trabajador"...

El doctor Mendoza se removió en su asiento bajo la ceiba, con deseos de irse para no tener que seguir escuchando el discurso. Pero tenía mucha curiosidad por saber en qué iba a parar el acto, así es que decidió quedarse un rato más.

"...bajo la dirección de nuestro Comandante en Jefe"...

Aquí el capitán Arteaga tuvo que hacer una pausa, para esperar que cesaran los gritos de "Fidel, Fidel" que coreaba la multitud.

"...seguiremos de pie trabajando, produciendo y con el fusil al alcance de la mano. Porque de rodillas sólo nos pondremos una vez, y será ante la tierra cubana que guarda veinte mil muertos para decirles: hermanos, vuestra sangre no se derramó en vano, la revolución está hecha".

"Eso ya yo lo había oído antes en otra parte", se dijo Porfirio.

"Estas frases del inolvidable Camilo nos sirven de guía para alcanzar la victoria definitiva, cuando el hombre deje de ser el lobo del hombre y podamos construir una sociedad más justa en que todos sus hombres, mujeres y niños sean patriotas ejemplares como éste al que hoy, en reconocimiento, hacemos entrega de esta pistola que sabemos portará dignamente, y con la que disparará todos sus tiros, hasta el último, contra nuestros enemigos. Hasta el último no, porque el último, lo sabemos, lo disparará contra él mismo antes que entregarse o rendirse a esos vendepatrias y agentes imperialistas. Batallón, ¡atención! Compañero Gabriel Arcángel Buenaventura, ¡frente y centro, march!".

Al oír el nombre del hijo de Purita, el doctor se levantó de golpe, justo al tiempo que las bocinas comenzaban a dejar escuchar las notas de un himno.

"Coño, ¡ésa es La Internacional!", dijo el doctor en alta voz, sin poder disimular su sorpresa.

La gente aplaudía entusiasmada, dándole vivas al nuevo héroe y gritando consignas revolucionarias, mientras el jardinero se empinaba en puntas de pies para tratar de identificar al homenajeado.

"Yo no veo nada, doctor", decía.

"Qué vas a ver, Prieto. Es Gabriel Arcángel, el enano. Hay tanta gente que no se puede ver".

El hijo de doña Pura, después de colocarse la pistola en una canana que se ajustó a la cintura, se acercó al micrófono para decir unas palabras. Solano, al darse cuenta de que el micrófono le quedaba demasiado alto, se apresuró a bajarlo a la altura de su rostro.

"Compañero capitán", dijo Gabriel Arcángel. "Puede tener la seguridad de que esta pistola será bien utilizada, para disparar contra los enemigos de la patria".

Pero entonces ocurrió algo que hizo que la gente dejara de prestarle atención a la ceremonia. La brisa había comenzado a dispersar cientos de papeles, que en cuestión de segundos cubrieron los canteros de mariposas y el trillo de césped alrededor de la glorieta.

"Se lo dije, doctor, que esto iba a quedar hecho una porquería", se quejaba el jardinero mientras se agachaba a recoger todos los papeles que podía abarcar con las manos.

Al momento los papeles comenzaron a circular de mano en mano. Porfirio, picado por la curiosidad, recogió uno del piso e imitó a las personas que lo rodeaban, leyendo su contenido:

Oh, musas, que del Parnaso
Divina inspiración me envían
A los que aquí otrora vivían
Dejadme homenajear en el ocaso.

No importa que de mí todos se rían
–Mi Ananké lo dispone, acaso–
En la villa donde mi vida paso
Y por poeta, de mí desconfían.

Hormiguero, como un titán dormido
Cual Hércules que vence al Minotauro
En cruel indiferencia te has sumido.

Es hora que despiertes, cual Centauro.
Yo honro la ocasión en que has cumplido
Un siglo, considera mi verso un lauro.

"Coñooo, ahora sí que Fermín se tostó. Porque al único que se le puede haber ocurrido esta bobería es a él, aquí no hay más poetas, que yo sepa", se dijo Porfirio al terminar de leer.

Al mirar la glorieta, el doctor se dio cuenta de que los volantes no le habían causado ninguna gracia a las autoridades. El capitán Arteaga, después de abrazar a Gabriel Arcángel, cuchicheó algo al oído del oficial que estaba a su lado, y su subalterno le dio una orden a dos guardias que salieron a cumplirla a toda prisa.

Cerca del doctor, el jardinero seguía recogiendo papeles, preocupado por la limpieza del parque, de modo que tenía una buena cantidad en las manos cuando los guardias se le acercaron. Inmediatamente le arrebataron los papeles y ya se disponían a llevárselo cuando Porfirio se adelantó, gritándoles:

"¡No se lo lleven, a él no! ¡Escroto!".

Con el nerviosismo, por primera vez había llamado al jardinero por su nombre.

"Hombre, doctor", le dijo uno de los guardias. "No tiene que ser tan fino. Si quiere decir cojones, dígalo, pero éste se va con nosotros".

Toto

¿De quién me dijo que es hija? ¡Claro que me acuerdo de él! El día que le entregaron la pistola en el parque, en un acto de la Milicia, yo estaba allí, regando los canteros y barriendo las hojas secas. El doctor Mendoza estaba al lado mío cuando comenzaron a caer papeles que, según me dijeron después, los comunistas confundieron con propaganda contra el gobierno. A mí me llevaron para la oficina del G2, pensando que había sido yo el que tiró los papeles, y allí me tuvieron un par de horas, hasta que descubrieron a Fermín, el poeta, escondido en el campanario de la iglesia. No crea, que al principio yo me comí el cuento del Comandante, de las escuelas y los hospitales, hasta que mis hijos empezaron a crecer y me di cuenta que los únicos que vivían bien allá eran los hijos de los pinchos, y que los míos nunca se darían la vida que se daban ellos, viajando por el mundo y viviendo en las mansiones que dejaron los que vinieron para acá cuando se dieron cuenta de lo que nos esperaba. A los tres me los traje en una lancha con mi mujer, en los 70, mucho antes que lo del Mariel. Aquí nos pasamos años trabajando en factorías, hasta que pude reunir unos kilos y empezar en el negocio del nursery. Bueno, del vivero, que aquí le dicen así, nursery. Cuando los muchachos llegaban de la escuela me ayudaban haciendo de todo, cortando la mala hierba, abonando, podando. Sí, claro, más o menos lo mismo que hubieran tenido que hacer allá para poder estudiar una carrera. Pero aquí lo hicieron para ellos mismos, no para el gobierno. Hace rato que yo estoy retirado, pero ellos siguen con el negocio. Ahora son mis nietos los que los ayudan a ellos, y espero que así siga siendo, como antes lo hicimos mis hermanos y yo con mi padre. A veces me pongo a pensar en los amigos que se quedaron allá, y me entra mucha nostalgia. Me gustaría saber qué fue de Urbino, el boticario; Rodrigo, el de la máquina de alquiler; de Paco Mortadella, siempre con su guitarra debajo del brazo. Le juro que daría cualquier cosa por volver a verlos, aunque fuera una vez más. Si usted llegara a comunicarse con ellos, hágame el favor, no deje de decirles que nunca los he olvidado.

Mensaje #5

A Hércules:

El pez muere por la boca.

Mientras caminaba por la calle principal de Hormiguero del Campo, Gabriel Arcángel no pudo menos que sonreír al advertir que, casi un mes después del homenaje que le hicieran en el parque, todavía la gente cuchicheaba al verlo pasar y los niños lo saludaban agitando las manos al verlo acercarse.

En la esquina de los Almacenes de la Purísima Concepción, que habían sido de su abuelo, se detuvo a comprar coquitos prietos, la golosina preferida de Gardenia, su Florecita, como él le llamaba. Porque, ¿quién ha dicho que los enanos no tienen también su corazoncito? El de Gabriel se desbocaba dentro del pecho de sólo pensar en ella, latiendo tan de prisa como veinte años antes le había sucedido a Miguel Arcángel, su padre, ante la presencia de Purita, la única mujer en la que fijó sus ojos amorosamente, en sus cuarenta y cinco años de vida.

Tal y como ocurría cada vez que se aproximaba el momento de verla, Gabriel Arcángel rememoró las circunstancias poco comunes en que la conoció, y los gestos de amor que le había regalado desde entonces.

Aquella noche, después de varias semanas de indecisión, se había llenado de valor para entrar en El Edén, el prostíbulo de aspecto provinciano y nombre pretencioso que se le había convertido en una verdadera obsesión, alimentada por las historias escuchadas a los hombres del pueblo y el impulso irresistible de su virilidad recién despierta. Porque en aquel entonces él apenas tenía dieciséis años, y lo único que sabía de mujeres eran las historias que sabía exageradas a propósito por sus narradores, porque así engordaban su prestigio de machos infalibles, y un almanaque que había encontrado en la pared de una bodega, un día que le tocó leer el metro de la electricidad. Al ver la foto de una mulata apenas cubierta por un vestido rojo ceñidísimo, con un profundo escote que anticipaba su voluminosa carga, no pudo evitar estirar la mano y desprenderlo de la pared. Después lo escondió apresuradamente en el maletín en el que llevaba los recibos y se encaminó a toda prisa hacia la puerta, dispuesto a escapar. Pero para su vergüenza, Santiago Alegría, el bodeguero, lo había visto todo, y se le plantó delante cortándole el paso, rojo de la risa.

"Oye, muchacho, tú serás enano pero ya eres un hombre. ¿Todavía no has ido por El Edén? Date una vuelta por allá, para que las veas de carne y hueso, no en un papel".

Tan nervioso estaba que ni siquiera atinó a devolverle el almanaque a su dueño. En cuanto llegó a la casa lo escondió debajo del colchón, para que su madre no lo descubriera, y por muchos días no pudo dejar de recordar la risa burlona de Santiago.

No bien traspasó la puerta del burdel, Gabriel Arcángel comenzó a arrepentirse de haber entrado. Apenas podía distinguir los rostros de los hombres que se agolpaban en la barra, rodeados de mujeres, por la escasa luz que había en el bar. Un penetrante tufo de perfume barato lo aturdió por un instante, mientras percibía el sonido que hacían las botellas al chocar entre sí y el tintinear de los cubos de hielo al caer en el fondo de los vasos. Poco a poco se fue acostumbrando a la penumbra, levemente atenuada por cuatro bombillos rojos que colgaban del techo, y al olor que despedían los cuerpos de aquellas mujeres. Dio otro paso hacia delante, dispuesto a enfrentar lo que fuera, como le había enseñado su madre desde niño, pero entonces notó que un profundo silencio se adueñaba del lugar. Las sombras se quedaron con los brazos en alto, los vasos a medio camino entre la barra y las bocas sedientas, las mujeres dejaron de reír y hasta las luces del techo parecieron pestañear mientras todos dirigían la vista a la puerta, sin poder creer lo que veían.

"¡Coñooo!, si es un enano. Oye, ¿se te perdió Blanca Nieves?".

El que así preguntaba era, sin lugar a dudas, alguien que no vivía en Hormiguero. Seguramente un campesino de Fanguito o Marabuzal, de esos que sólo iban por el pueblo durante la época del corte de caña, para hacer la zafra. El sujeto pareció sorprendido de que nadie hubiera recibido sus palabras con una carcajada, como él esperaba, y se sorprendió mucho más cuando una mano lo sujetó por el hombro con fuerza, obligándolo a volverse.

"Con ése no te metas. Es el hijo de la comadrona. Se ve que tú no eres de por aquí", dijo Urbino Flores, antes de continuar bebiendo su cerveza.

Una vez identificado el nuevo cliente, todos dejaron de prestarle atención a Gabriel Arcángel y siguieron en lo suyo. Todos menos una mujer de larga melena roja y un lunar pintado en la mejilla que se le acercó y comenzó a sonreírle provocativamente mientras le acariciaba la cabeza, haciendo que Gabriel quedara imposibilitado de hablar y mucho menos de moverse, porque el temblor de sus piernas amenazaba con derrumbarlo al piso.

"Déjalo, Carmela. Por esta noche, él es mi invitado".

Gabriel apartó la vista de la pelirroja y sonrió tímidamente, agradecido de quien acababa de sacarlo de tan grande apuro.

"Ven, para que te tomes una cerveza".

La mujer caminó despacio en dirección a la barra, moviendo cadenciosamente unas caderas enormes, que delataban a la voluptuosa joven que alguna vez había sido, y Gabriel la siguió obediente, sintiendo que el sudor que le corría por la espalda le empapaba la camisa.

"Gardenia, trae dos cervezas", dijo sentándose en una de las banquetas alineadas frente a la barra. Luego se volvió al recién llegado que de un salto se acomodó en una banqueta a su lado, con las piernas colgando en el aire.

"Yo soy Soraya, la dueña. Y tú eres el hijo de doña Pura, ¿verdad?".

"Sí, señora".

"Puedes decirme Soraya, así me dice todo el mundo. Es la primera vez que vienes, ¿no?".

"Eehh... sí, éste... no"...

La mujer se rio enseñando una dentadura demasiado pareja como para ser natural, echando la cabeza hacia atrás con un movimiento convulso que hizo tintinear las medallas que colgaban de las gruesas cadenas que llevaba al cuello, semiperdidas entre un par de tetas descomunales que se asomaban por el escote, y que temblaban como flanes al compás de su risa.

Gabriel se disponía a defenderse con alguna frase que pudiera detener la risa convulsa de la mujer, pero en ese momento, una mano pequeña y delgada, blanquísima y demasiado menuda para ser de una mujer hecha y derecha, puso dos botellas de cerveza sobre la barra, frente a donde estaban sentados. Por un breve instante, Gabriel dejó de percibir el olor chillón del perfume barato que inundaba el local, y creyó sentir un olor a limpio, como de ropa recién lavada y secada al sol que le recordó las manos de su madre cuando dejaba que el chorro de la manguera del patio le quitara los restos de hojas de albahaca y hierbabuena, después de haber desyerbado los canteros. La curiosidad pudo más que su timidez y alzó la vista para descubrir a la dueña de aquellas manos, tropezando entonces con la mirada más clara que había visto en su vida. "Cristal en su mirada, donde podía beberle el corazón", como dijo un poeta. Lástima que Gabriel nunca había leído ese poema.

Gardenia, a sus catorce años, tenía cara de niña, cuerpo de niña y mirada de mujer. Sintió pena por ella, que debía de haber visto cosas terribles para tener aquella mirada, aquellos ojos tan abiertos, más allá del asombro, en los que sin embargo Gabriel Arcángel pudo adivinar una ternura infinita. Lo miró sólo un instante y se alejó sin decir palabra, con la resignación propia de los que saben que no pueden huir del sitio donde los ha situado el destino.

"Te gustó, ¿eh? Está un poco desnutrida, pero es nueva, y los buitres están detrás de la carne fresca. Si quieres, puedes ir con ella".

Sin esperar su respuesta, Soraya se levantó y le dijo algo al oído a la muchacha, que regresó a donde estaba Gabriel Arcángel y le hizo un gesto con la cabeza para que la acompañara.

El cuarto era pequeñísimo. Parecía haber sido hecho solamente para acoger el cuerpo escuálido de Gardenia, que seguía callada, parada a los pies de la cama, como esperando que él le dijera lo que debía hacer.

Gabriel miró a su alrededor y de una ojeada pasó revista a los objetos que estaban en la habitación. Al lado de la cama estrecha y hundida había dos cajones de cartón, uno encima del otro, a modo de mesa de noche. La superficie estaba cubierta por un tapete redondo, raído en el borde, y encima había una lámpara que despedía una tenue luz. Junto a la lámpara había una caja plana y rectangular. De un clavo en la pared colgaba una percha con un vestido floreado que Gabriel intuyó le quedaba ancho a su dueña, y en un taburete reposaban una palangana con agua y una pastilla de jabón.

Cuando volvió a mirarla, ella seguía esperando impasible. Tenía los ojos desmesuradamente abiertos, y una expresión de desamparo que le provocó deseos de abrazarla y susurrarle palabras de consuelo, como le hacía su madre cuando era niño y despertaba en mitad de la noche llorando asustado, porque había tenido una pesadilla. Pero no se atrevió. En vez de esto, se acercó a la improvisada mesita de noche y preguntó, señalando la caja:

"¿Qué guardas aquí?".

Por primera vez la muchacha pareció animarse, y sus ojos adquirieron una viveza que Gabriel no sospechaba.

"Un juego de parchís... Me lo regaló papá antes de irse".

Él quiso decir, ¿a dónde?, pero en cambio preguntó:

"¿Quieres jugar?".

Durante los dos meses siguientes, Gabriel Arcángel no dejó una sola noche de visitar a su nueva amiga.

"Oye, Gabrielito", le dijo Soraya una mañana, cuando ya se iba. "Ya tú eres como de la casa, pero me has acaparado a la niña. Los demás clientes están furiosos, y con razón. Ellos también tienen derecho, digo yo"...

“Te pago el doble”, contestó Gabriel Arcángel, metiendo una mano en el bolsillo.

“Bueno, si es así, está bien. Total, después de todo está bastante flaca. Pero parece que se mueve bien, ¿eh?”.

Gabriel le dio la espalda y se fue, pero por el camino tomó una decisión: se llevaría a Gardenia de allí.

Lo cierto es que a Soraya le hubiera dado un ataque de risa de haber sabido que, en todo ese tiempo, él no le había tocado ni un pelo. Se pasaban la noche jugando parchís tirados en la cama, saboreando los coquitos prietos que él le compraba y contándose sus sueños más escondidos.

Después de diez o doce partidas, que Gabriel se dejaba ganar para verla palmotear de alegría, se quedaban dormidos, vestidos como estaban, y abrazados con una inocencia que sólo habita en los niños.

Poco a poco supo que Gardenia no era Gardenia, sino Paulina. Que había llegado al pueblo, después de haber desandado las lomas, buscando trabajo para ayudar a su madre, una campesina envejecida antes de tiempo por la miseria en la que el marido la había abandonado un año antes, dejándole como único patrimonio un bohío lleno de vejigos llorando por hambre. Estaba sentada en un banco del parque, con los pies adoloridos por la caminata y el estómago estragado después de dos días sin comer, cuando vio pasar a una señora muy maquillada que resultó ser Soraya. Paulina fue a su encuentro y le rogó que la ayudara a encontrar trabajo.

“Usted se ve que es muy buena, y muy linda también. Si quiere, yo puedo cocinarle”.

Soraya la interrumpió con una carcajada, parecida a la que Gabriel le escuchó la primera noche que entró al burdel, y le dijo que la acompañara. Después de darle un plato de harina de maíz con huevos fritos, que Paulina devoró en un santiamén, le propuso que trabajara para ella.

“De aquí a unos meses, seguro que engordas un poco. Tienes unos ojos muy lindos y unas manos muy suaves. Lo único que tienes que hacer es complacer a los clientes, hacer lo que ellos te pidan, y verás cuánta plata vas a ganar. ¡Ah!, eso sí. Te me cambias el nombre. De ahora en adelante te llamas Gardenia".

La primera noche Gardenia creyó que iba a morir aplastada debajo de un campesino grande y gordo, con tanto pelo en el pecho y la espalda que parecía un puerco jíbaro, de aquellos a los que su padre solía ponerle trampas para que no se comieran las gallinas del corral. Pero lo peor era el olor. La verdad es que apestaba más que un puerco jíbaro. Gardenia se quedó quietecita, bañada por el sudor apestoso del hombre, que jadeaba escupiéndole en el rostro una vaharada de alcohol, y cerró los ojos para hacerse la idea de que estaba soñando. Se puso a pensar en el vestido rosado que pensaba regalarle a su madre cuando fuera a visitarla, en los zapatos blancos que le compraría a sus hermanitos y en la cara de alegría que pondrían todos al volver a verla, y solamente volvió a abrir los ojos cuando el hombre la liberó de su peso y se echó a su lado, todavía jadeante, dejándola empapada en sudor y con una punzada insoportable clavada a la altura del ombligo.

Cuando Soraya empujó la puerta y entró, ya tarde en la mañana, pensando que se había quedado dormida, la encontró sentada en el taburete, con las manos en el regazo, tan apretadas una contra la otra que habían perdido el color.

"Vamos, que no es para tanto. Ya te acostumbrarás", le dijo. Y se marchó de prisa, sin volver la vista, porque no soportaba los ojos claros de Gardenia clavados en los suyos.

"¡Jesús!", se dijo. "Tiene ojos de agua, transparentes. No parece cosa de este mundo".

"¿Cómo es el mar?", le preguntó Gardenia una noche, mientras mordisqueaba un caramelo que él le había llevado.

"Es... como tus ojos. ¿Nunca lo has visto?".

"No".

"Yo te voy a llevar a conocerlo".

Al salir del Edén, Gabriel Arcángel fue directamente a la barbería de Horacio, donde sabía que podría encontrar a quien necesitaba.

Allí estaba Rodrigo Veloz, el taxista, leyendo el periódico mientras esperaba que llegara alguien a solicitar sus servicios o, al menos, a jugar con él una partida de damas.

"¿Quiubo, Gabriel?"

"Qué bueno que te encuentro. ¿Cuánto me cobras por llevarme hasta Cienfuegos?".

"¿A Cienfuegos? ¿Cuándo?".

"Ahora mismo".

"¿La vieja está enferma?".

"Chico, no preguntes más y dime. ¿Me llevas o no?".

Cuando Gabriel Arcángel llegó a la esquina de la cafetería Los Cocos, llevando a Gardenia de la mano, ya Rodrigo Veloz lo estaba esperando con la puerta del taxi abierta. Una sonrisa picarona se extendía por su cara, mientras pensaba que el enano se tenía bien escondido lo de la novia.

Llegaron a Cienfuegos al atardecer. Gardenia apenas había pronunciado dos o tres palabras por todo el camino, admirando el paisaje a través del cristal de la ventanilla.

"Cuando regreses al pueblo, busca al doctor Mendoza y explícale. Dile que hable con mi madre para que no se preocupe si me quedo unos días por aquí".

El taxista se despidió de Gabriel con una palmada en la espalda y de Gardenia con una inclinación de cabeza, y la pareja se alejó caminando, como dos colegiales acabados de salir de la escuela.

"Ahora vas a conocer el mar", dijo Gabriel Arcángel.

Él se sabía la ciudad de memoria, desde los tiempos en que su padre lo llevaba a pescar camarones en La Milpa, a un costado de la bahía, donde tenía unos parientes. Sabía que, siguiendo cualquiera de las calles principales, iría a parar al mar.

A pocas cuadras del Paseo del Prado estaba el Muelle Real, de donde salían las embarcaciones llenas de pasajeros con rumbo a Cayo Carenas, Rancho Club, La Milpa, el Castillo de Jagua y Pasacaballos. Mientras él pagaba el pasaje, Gardenia no le soltó la mano que le apretaba con todas sus fuerzas, sin dejar de mirar el mar, que de tan claro se confundía con el color de sus ojos.

"¿Qué te parece?".

"No me lo imaginaba tan grande", le dijo.

Durante la travesía en el Pura, que así se llamaba el barco de pasajeros, la muchacha estaba tan asustada que Gabriel tuvo que abrazarla, casi incrustarla en su pecho, para que se sintiera segura. Llegaron al Castillo de Jagua cuando el sol, que había brillado con fuerza hasta ese momento, se ocultaba tras unas nubes grises que anunciaban un aguacero inminente.

"Tenemos que apurarnos en subir la loma, porque nos vamos a mojar", le dijo a Gardenia, refiriéndose a la empinada cuesta que conduce a la fortaleza de la época colonial.

Pero por mucho que se dieron prisa, no pudieron evitar llegar empapados y temblando de frío al interior de la construcción. Bajaron por una escalera semidestruida que conducía a las galeras donde los españoles confinaban a los desafectos en tiempos de la colonia, pero que ya únicamente servían para alimentar la imaginación popular. La gente aseguraba que allí habitaban fantasmas, sobre todo el de una mujer joven que vagaba por el puente envuelta en un velo azul, antes de desaparecer en el espacio adoptando la figura de un ave. Caminaron por un pasillo a oscuras y vieron un resplandor a pocos metros, que los condujo a una pequeña capilla. De la pared de piedra colgaba una imagen de la Virgen de la Caridad del Cobre, iluminada por velas que algún devoto había encendido a sus pies.

"Tengo mucho frío", dijo Gardenia, con la voz temblorosa y la piel erizada por la frialdad de la tela mojada y pegada a su cuerpo.

"Quítate la ropa si quieres, para que te calientes. Yo me viro de espaldas".

Gabriel Arcángel sintió el sonido delicado del vestido deslizándose por las piernas de Gardenia, y al imaginar la blancura de su cuerpo desnudo le sacudió un escalofrío. Volvió a sentir el olor a ropa recién lavada de la primera vez que la tuvo cerca, mucho más intenso, y supo que no podría resistirse más al apremiante cosquilleo que sentía en la entrepierna y que subía por su pecho hasta la cabeza, impidiéndole pensar en otra cosa que no fuera apretarse contra ella, fundir su cuerpo con el suyo, aspirar el perfume que emanaba de su piel.

"Ahora quítatela tú, no vaya a ser que cojas catarro".

Cuando se volvió, completamente desnudo, Gardenia se apretó contra él acercando su boca a la suya, todavía temblorosa, pero ya no de frío.

"Bésame, Gabriel Arcángel, que quiero ser tu mujer".

Sólo una vela quedaba encendida a la mañana siguiente, cuando Gabriel y Gardenia, cansados y hambrientos, pero felices, abandonaron la fortaleza y se dirigieron al mar.

"Cómo pasa el tiempo", se dijo Gabriel, dejando a un lado los recuerdos de tres años atrás y adentrándose en el portal de la casa donde lo esperaba Gardenia, como todos los días. Ya el burdel de Soraya no existía más que en la memoria de los hombres del pueblo. El nuevo gobierno había eliminado la prostitución, al menos eso decían, y ahora las mujeres que en otro tiempo practicaban el oficio más viejo del mundo, se dedicaban a trabajar en las fábricas y talleres, o a servir café en las cafeterías.

No tuvo que meter la llave en la cerradura para abrir la puerta, porque Gardenia se le adelantó.

"¿Cómo sabías que era yo?".

"Yo te huelo, mi amor", bromeó, mientras lo besaba en la cara.

Entró a la pequeña sala y se dejó caer en una esquina del sofá, mirando a su mujer con una sonrisa. Nunca se cansaba de mirarla. Había engordado un poco, su cuerpo se había redondeado ligeramente, pero seguía conservando una figura menuda y aniñada, y su tamaño apenas sobrepasaba en unas pulgadas al de Gabriel. Él le había alquilado ese pequeño apartamento a su regreso del viaje a Cienfuegos, para que no tuviera que volver a trabajar para Soraya, y ella lo ayudaba a pagar los gastos cosiendo la ropa de sus vecinas, habilidad que había adquirido de niña cuando le hacía la ropa a sus hermanitos.

"Mira, Florecita, te traje coquitos", le dijo, extendiéndole el cartucho con las golosinas.

Le pareció que Gardenia hacía un gesto de repugnancia al tomarlo en la mano, pero pensó que debían de ser ideas suyas. Ella se volvía loca por esos dulces, desde que la conoció.

"¿No los vas a probar?".

"Sí... más tarde".

"Entonces ven, cómeme a mí".

Ya era de noche cuando Gabriel se vistió de nuevo, preparándose para regresar a su casa.

"¿Ya te vas?".

"Sí. Tú sabes que mamá se preocupa si me demoro mucho. O se hace la preocupada, porque ella sabe dónde estoy".

Para doña Pura, como para muchos en el pueblo, no era ningún secreto el motivo de sus escapadas de la casa; sólo que ella trataba de restarles importancia, diciendo que únicamente reconocería a su nuera cuando estuvieran casados como Dios manda.

Se acercó entonces a Gardenia, para mirarse una vez más en sus ojos antes de despedirse, pero ella le esquivó la mirada.

"Tú tienes algo que decirme, ¿verdad?".

Ahora sí lo miró largo, de frente, con los ojos más húmedos que él le había visto.

"Voy a tener un hijo, Gabriel Arcángel. Vas a ser papá".

Le tomó un día más asimilar la inesperada noticia, reponerse de la sorpresa, comprender que estaba pasando por el momento más importante de su vida. Y al salir a la calle, la noche siguiente, iba riéndose todavía, con la emoción reflejada en sus ojos. Ni siquiera le preocupaba la cara que pondría su madre al verlo llegar, después de haber faltado a dormir por primera vez en tres años.

"Carajo, este pueblo está virado al revés. Hasta el enano, que es uno de los pocos que parecen cuerdos, anda riéndose solo", comentó para sí el capitán Arteaga, al pasar conduciendo un jeep por el frente de la casa de donde vio salir a Gabriel Arcángel.

Pero antes de llegar a la cuadra siguiente ya lo había olvidado. Demasiadas preocupaciones tenía en su cabeza para estar prestándole atención a un enano, por muy miliciano destacado que fuera.

En una hora comenzaría la reunión con el asesor Rodolfo, y seguramente no se terminaría hasta bien entrada la madrugada. El solo hecho de tener que aguantar al alemán ya le ponía los pelos de punta. Estaba cansado de sus aires de superioridad, de sus críticas constantes, de sus exigencias y de su peste a grajo. Todos los días tenía que enviar un camión a Trinidad o a Cienfuegos para traer hielo, porque el alemán no resistía el clima sofocante del pueblo y todo le parecía poco para aliviarse del calor. Vivía con el ceño fruncido, como disgustado, preparado para contestar con una ironía cada uno de sus comentarios. El color de su piel, sonrosado y saludable a su llegada a Hormiguero, había cambiado por otro aceitunado, como el de una fruta reseca por el sol.

Gladys, la asistente militar que le acompañaba de noche y de día, se pasaba el tiempo poniéndole compresas de manzanilla helada entre las piernas, para aliviarle el escozor de las quemaduras que le provocaba el sudor. El propio capitán Arteaga había tenido que conseguirle las hierbas a instancias de ella, que le habló desesperada al no poder convencerlo de que fuera a ver a un médico.

"La verdad es que me tiene hasta la coronilla, pero no me queda más remedio que aguantarlo", pensaba el capitán mientras manejaba despacio en dirección a la oficina al lado del Ayuntamiento.

Por lo menos esta noche estaba seguro de que el coronel Rodolfo no lo iba a poder regañar. Por primera vez, después de tantos fracasos, tenía una carta de triunfo bajo la manga. Cierto era que había quedado en ridículo varias veces delante del extranjero. Sobre todo con eso de arrestar al jardinero del parque que ni siquiera sabía leer, por lo que mucho menos hubiera podido escribir los volantes. Después se supo que todo había sido obra de un chiflado con ínfulas de poeta al que, por supuesto, tuvieron detenido varios días por haber interrumpido el acto de la Milicia lanzando los volantes desde el campanario de la iglesia. Pero de eso a que Fermín Madrigal fuera el hombre que estaban buscando hacía meses, había un gran trecho.

Tal y como suponía, ya el coronel Rodolfo lo esperaba en la oficina, acompañado del teniente Urquiza y varios oficiales más. Después de dirigirle un saludo marcial, esperó a que le ordenara sentarse con un gesto de la mano.

"El sarpullido se lo está comiendo por una pata", pensó divertido, al verlo rascarse desesperadamente el cuello y la cabeza.

"Bien, capitán, informe", dijo, sin dejar de rascarse.

El capitán extrajo unos papeles del maletín que llevaba y comenzó a leer.

"En la madrugada de hoy recibimos la información de que una mujer, conocida por su vínculo sentimental con el bandido conocido como el comandante Cabargas, se había internado en las lomas con la evidente intención de hacerle llegar a su concubino alimentos y medicinas. Gracias a la oportuna colaboración de un habitante de Hormiguero del Campo, identificado con la revolución, supimos el camino que debía tomar dicha mujer para regresar a su casa. Un grupo de milicianos, debidamente dirigidos por un compañero del Ministerio del Interior, emboscó a la mujer y la arrestó. Inmediatamente la casa fue registrada, y se ocuparon algunas armas en la letrina, lo que probó sobradamente la colaboración de esta mujer con los bandidos y su traición a la patria, por lo que ésta fue llevada a la sede del Ministerio del Interior en Santa Clara, para continuar su interrogatorio y efectuar las investigaciones pertinentes".

El capitán Arteaga cerró la carpeta que contenía el informe y esperó la reacción del coronel Rodolfo. Tal y como suponía, esta vez no respondió con una frase agria. Sin embargo, tampoco imaginó que reaccionaría de esa manera, riendo a mandíbula batiente, hasta que pareció que le faltaba el aire y dejó de reír tan súbitamente como comenzó.

"Bravo, capitán Arteaga, lo felicito".

“Sabía que le iba a alegrar la noticia. He estado pensando que esto va a sorprender mucho al agente Hércules: por esta vez, nosotros hemos dado el primer golpe”.

“No se entusiasme tanto, capitán. Primero, lea el mensaje que acabamos de interceptar”, respondió el alemán, poniéndole un papel por delante, encima de la mesa.

“El pez muere por la boca...”, leyó el capitán Arteaga. “¿Y qué se supone que quiere decir?”.

“Eso tal vez nos lo pueda explicar el misterioso colaborador que delató a la mujer, ¿no cree?”.

“Coronel, nadie puede saber quién nos hizo llegar esa información. Estoy seguro”.

“Ojalá no se equivoque, capitán”.

Dicho esto, el coronel Rodolfo se levantó, saludó llevándose la mano a la gorra y salió de la oficina sin una palabra más, tal y como acostumbraba hacer para poner fin a las reuniones.

La semana que siguió a la reunión en la oficina al lado del Ayuntamiento no sucedió nada importante. La noticia del arresto de la campesina voló por el pueblo con la rapidez de una centella, pero con excepción de las acostumbradas tertulias en el parque y las conversaciones a media voz en la barbería de Horacio, nadie se atrevió a expresar públicamente su opinión. El capitán Arteaga, sin embargo, sabía que muchos de los habitantes de Hormiguero del Campo estaban indignados, y aunque era improbable que alguien se hubiera enterado de quién había ofrecido la información que permitió arrestar a la mujer, se esforzó en localizar a su informante para brindarle la máxima protección. Sólo que sus esfuerzos habían sido en vano: a su colaborador parecía habérselo tragado la tierra.

Fue un mediodía, mientras releía por enésima vez la descripción de la personalidad del agente Hércules escrita por el asesor Rodolfo, que el capitán Arteaga volvió a tener noticias de su informante. Y como siempre que recibía una noticia que le torcía los planes, descargó un puñetazo sobre el escritorio con toda la rabia de que era capaz. Al fotógrafo ambulante, conocido como Mauricio Pintado, lo habían ahorcado en las afueras del pueblo, en el camino que iba a Fanguito. Su cadáver acababa de ser encontrado por la Milicia, colgando de una guásima, con una vieja cámara de cajón descansando en la tierra, a los pies de quien había sido el mejor colaborador de la Seguridad del Estado en Hormiguero del Campo.

Soraya

Cuando me dijiste Paulina, no me acordé de ella. Pero ahora que me dices Gardenia, me acuerdo perfectamente. Era una niña cuando llegó mi casa. Mis muchachitas le cogieron mucho cariño, y todas la protegían para que no abusaran de ella. Yo la traté lo mejor que pude. Sí, la puse a trabajar, muchas hubieran pagado para estar en su lugar, con techo y comida seguros. Bueno, sí, es verdad que ella no era como las otras. Era muy inocente, y yo creo que eso fue lo que le gustó a tu padre. Desde el primer día que la vio. Gardenia tuvo mucha suerte, porque tu padre se enamoró de verdad, y en cuanto pudo la sacó de mi casa y le puso un cuarto. Ella no nació para puta, de eso puedes estar segura. Cuando supe que se habían casado me alegré mucho por los dos. Pero unas semanas después vine para acá, gracias a que un antiguo cliente que me debía muchos favores me hizo los papeles para que viniera, y no volví a saber nada más de la gente del pueblo. La verdad es que nunca me imaginé las cosas que ocurrieron después, aunque yo sabía que casi todo el pueblo estaba de parte de los alzados, que los ayudaban con todo lo que podían, y eso no podía terminar bien. Esa gente tenía todas las de ganar, con las armas que les mandaban de Rusia y los americanos apendejaos, sin hacer lo que tenían que hacer. Si no hubiera sido por eso, no estaríamos del lado de acá haciendo el cuento. Son más de cincuenta años, mi hijita, y aquello no tiene fin. Ya yo no veré el final, porque voy a cumplir 92 años, pero me gustaría ver en qué va a parar todo eso. Total, nos hicieron la vida imposible y ahora hay más putas que antes. Ahora les llaman jineteras. Lo único que le han cambiado es el nombre.

Mensaje #6

A Hércules:

Cortar entrada de agua al coco.

Desde que doña Pura supo que iba a ser abuela, pareció recobrar de pronto la agilidad que los años le habían robado. Tan pronto Gabriel Arcángel le dio la noticia, decidió que había que preparar la boda. "Mi nieto tiene que nacer dentro de un matrimonio", dijo sin dejar que Gabriel abriera la boca. Y para que no quedara ninguna duda acerca de quién estaría a cargo de los preparativos, le dio una lista de encargos que debería cumplir en sólo dos semanas.

"Primero, me traes para acá a esa muchachita. Desde hoy viene a vivir con nosotros para poderla atender como es debido. Mañana mismo hablaré con el padre Panchito para que él los case. Tú, ocúpate de arreglar los papeles para la boda civil y de avisarle a los invitados. Del resto me ocupo yo".

Y dicho y hecho. En el mismo momento que vio a Paulina supo que la querría como una hija, y se hizo cargo de prepararle una dieta especial, con mucho caldo de gallina y viandas, para asegurarse de que el bebé naciera robusto y sano. A los dos días ya su nuera y ella eran cómplices, y comenzó a enseñarle sus secretos culinarios para que pudiera preparar ella misma los platos preferidos de Gabriel Arcángel: ajiaco, pata y panza, frijoles colorados, tamal en cazuela y por supuesto, toda una variedad de postres que iban desde el arroz con leche y los buñuelos hasta los cascos de guayaba y el majarete.

Pronto comenzó el ajetreo de la boda, que se efectuaría con muy pocos invitados en la iglesia del pueblo y terminaría con una fiesta en la casa con los amigos más allegados. Doña Pura se levantaba al amanecer y después de regar las plantas se enfrascaba en el trajín de una limpieza general que no tenía para cuando acabar. Armada de un larguísimo palo de deshollinar eliminó hasta el último vestigio de telaraña en los techos, para luego limpiar las tulipas de las lámparas y los adornos de loza, uno por uno, bajo el chorro de agua del fregadero. La limpieza de los muebles le tomó todo un día, pero las maderas quedaron brillantes y pulidas como nuevas. Lo mismo hizo con las mamparas de las puertas de los cuartos y del comedor, para finalizar baldeando los pisos que restregó con la escoba y agua jabonosa hasta que quedaron relucientes como espejos. Por último, quitó todas las cortinas de la casa y las lavó y planchó con esmero antes de volver a colgarlas en su sitio. Esto la tuvo tan ocupada, que cuando vino a darse cuenta, sólo faltaba una semana para la boda.

Una mañana doña Pura estaba sola en la cocina, como a las siete, colando el café del desayuno, cuando escuchó que tocaban a la puerta.

Un poco extrañada por lo inoportuno de la hora, pero pensando que tal vez la visita tendría algo que ver con la boda, abrió la puerta y se llevó la sorpresa de su vida. Delante de ella tenía al hombre más alto que había visto jamás, vestido de uniforme verde olivo. La cara la tenía sumamente enrojecida, y un grueso sarpullido le cubría el cuello y las orejas. El sudor le corría por la frente, desde debajo de la gorra, a pesar de que era muy temprano y el sol aún no estaba en su apogeo, ya despedía un fuerte tufo a sudor viejo, como de alguien que llevaba varios días sin bañarse. Pero lo que más la impresionó fue el gesto de dolor de su cara, que se agudizaba con cada paso que daba. A sus espaldas estaba una mujer joven, también uniformada, que se presentó como su asistente.

Acostumbrada como estaba a prestarle ayuda a todo el que lo necesitara, doña Pura hizo pasar a los extraños visitantes, y pronto supo el motivo de su presencia en su casa.

“Compañera, hemos venido a verla de parte del capitán Arteaga, ¿lo conoce?”, comenzó a decir la mujer, que se hacía llamar Gladys.

“Claro que sí, como que yo ayudé a su madre a traerlo al mundo”.

“Bueno, el caso es que acá”, y señaló al gigantón con la mano, “tiene un problema de salud bastante serio. Y no quiere ir al médico. Coronel, por favor, muéstrele a la compañera”.

El gigante, que era nada menos que el coronel Rudolf Eisenhand, parecía haber perdido de repente toda su arrogancia. Sin decir una palabra, y con un aspecto muy compungido, se abrió la camisa del uniforme y le mostró a doña Pura el grueso sarpullido que le cubría la piel del torso, tanto la del pecho como la de la espalda. Después, también sin decir ni esta boca es mía, se bajó los pantalones y le mostró una erupción aún peor, que le había dejado la piel en carne viva, en las ingles y en la mayor parte de los muslos.

Cuando doña Pura pensó que ya el coronel había terminado de mostrarle sus magulladuras, lo vio quitarse las botas y dejar al descubierto los pies, completamente afectados por una eczema que le había erosionado la piel entre los dedos.

Pero esto no era algo que pudiera espantar a alguien como doña Pura Gutiérrez. Casos peores había visto ella a lo largo de su vida y a todos los había logrado curar.

Lo primero que hizo fue levantarse de su asiento e ir hasta su cuarto, de donde regresó con una toalla en la mano.

"Coronel, el baño está listo. Dese una buena ducha y después hablamos. Y usted, Gladys, vaya a la farmacia y dígale a Urbino, el boticario, que me mande una solución de permanganato de potasio al 0.1 por ciento para matar los hongos. Mientras tanto yo voy a hervir unas hierbas para hacer unos emplastos".

Así comenzó la batalla contra la dermatitis del coronel. Trabajo le costó a doña Pura convencerlo de que tenía que bañarse todos los días y no una vez a la semana como acostumbraba a hacer en su país. Y de que se tenía que olvidar de las botas hasta las rodillas si quería eliminar el hongo que le tenía podridos los pies.

Para el sarpullido le mandó a ponerse compresas frías de sábila y dejárselas secar al aire. Y sobre todo, usar ropa interior blanca y cambiársela a diario, después del baño; algo tan elemental en el Caribe y que parece extravagante en otras partes del mundo. Antes de la semana el sarpullido había cedido casi en su totalidad, y aunque los pies no estaban sanos del todo, al menos ya no cojeaba, y comenzó a usar las botas rusas que usaban todos los miembros del ejército después de desechar las botas de montar.

Una de las veces que el coronel estuvo en casa de doña Pura, para que ésta pudiera apreciar su mejoría, fue inevitable que se percatara de los preparativos de la boda, y la madre del novio se vio en el compromiso de invitarlo a la celebración.

"Aquí estaremos, sin falta", dijo el oficial, dando a entender que asistiría en compañía de su inseparable asistente.

El día de la boda estaba ya detrás de la puerta, como decía doña Pura, y todavía faltaba terminar el vestido de la novia y preparar el cuarto de los recién casados, que era el espacio destinado hasta el momento para almacenar los muebles que ya no se usaban, la ropa pasada de moda, los juguetes de Gabriel Arcángel cuando era niño –incluyendo el velocípedo motorizado– y todo tipo de artefactos domésticos inservibles o en espera de ser reparados: planchas, una máquina de coser Singer que había pertenecido a la madre de doña Pura, un biombo chino que le regalaron cuando se casó y que nunca le dio uso porque odiaba todo lo que tuviera que ver con la cultura oriental, un radio que pasó a mejor vida cuando llegó la televisión a la isla en los años 50 y un sinnúmero de cachivaches que tendrían que pasar al cuarto de desahogo del patio y ceder su lugar a la habitación matrimonial.

Doña Pura sabía que la limpieza de esa habitación y la colocación de la cama matrimonial era algo que no podría realizar ella sola, por lo que supo que había llegado la hora de pedir ayuda a su ahijado, el célebre Margarito del Valle.

Margarito, cuyo nombre de pila era en realidad Hermenegildo, gozó de la protección de doña Pura desde el momento en que comenzó a ir a la escuela y sus amigos empezaron a burlarse de sus gestos afeminados y de su afición por las muñecas. Mientras que los demás niños se pasaban la hora del recreo jugando a las bolas, intercambiando postalitas y de vez en cuando dándose trompadas para resolver cualquier conflicto, Hermenegildo se la pasaba recortando vestiditos de papel con los que luego vestía a sus muñecas de cartón. Jamás se sumaba a los partidos de pelota, y cuando todos se dividían en dos grupos para jugar a las batallas entre indios y cowboys, Hermenegildo se las arreglaba para envolver uno de los rifles en un pañuelo y acunarlo en sus brazos como si fuera un bebé. En esa época su madrina tuvo que interceder por él más de una vez, cuando las burlas comenzaban a dar paso a los golpes, y lo mismo hacía Gabriel Arcángel, quien habiendo experimentado en carne propia lo difícil que era ser diferente a la mayoría, siempre se ponía de su parte y llegó a enredarse a golpes con dos o tres al mismo tiempo, por defender a su amigo.

Cuando llegó a la adolescencia, Hermenegildo tuvo que dejar de estudiar para hacerse cargo de su madre, cuya salud estuvo siempre en precario porque padeció de asma desde niña, y sus hermanas mayores, casadas ya y con sus propias familias que atender, delegaron en su hermano el cuidado de la enferma. La señora murió poco antes de que Hermenegildo cumpliera los diecisiete, y desde entonces, éste comenzó a exigir que le llamaran Margarito. Se depiló las cejas, comenzó a vestir camisas floreadas y a ganarse la vida bordando delicados vestidos de fiesta. Tanta era su habilidad con la aguja de coser, que las muchachas comprometidas de todos los pueblos vecinos iban a Hormiguero del Campo a encargarle su habilitación de novia, y su fama llegó hasta el otro lado de la sierra.

Margarito llegó a la casa de doña Pura la víspera de la boda, con un pañuelo amarrado en la cabeza a modo de turbante y el vestido de novia de Paulina colgando de un perchero forrado en seda color natural. Su aspecto extravagante no llamó la atención de nadie en la casa, acostumbrados como estaban a su vestimenta estrafalaria.

Doña Pura mandó a Gabriel Arcángel a la cafetería Los Cocos, para asegurarse de que el *buffet* estuviera listo a la hora del brindis. A Paulina le lavó la cabeza con agua de manzanilla y la puso a secarse el cabello al sol, para que luciera reflejos dorados el día de la ceremonia. Y ella se cubrió la cabeza con otro pañuelo parecido al de Margarito, preparándose para dejar lista la habitación matrimonial.

Mientras tanto, en la oficina del capitán Arteaga, el único motivo de conversación era el nuevo mensaje enviado al espía Hércules, y que había sido interceptado esa madrugada. Después que el coronel Rodolfo lo estudió concienzudamente, ordenó a su subordinado que encargara a un par de agentes de la vigilancia estrecha del local conocido como cafetería Los Cocos, donde sin duda se estaría preparando alguna actividad contrarrevolucionaria, aprovechando quizás la llegada de un cargamento de agua mineral.

Es por eso que, cuando Gabriel Arcángel se acercó a Carmelo Rosales para verificar que los comestibles de la boda estuvieran listos al día siguiente con absoluta puntualidad, le llamó la atención su nerviosismo. El dueño de la cafetería se había percatado de que dos hombres desconocidos vigilaban cada uno de los pasos que él daba, así como a cada uno de los clientes que entraban o salían del lugar. Uno de los hombres se sentó desde muy temprano en una mesa cercana a la puerta de entrada, y apenas había consumido un par de tazas de café, pero no parecía tener intenciones de irse en todo el día. El otro desconocido estaba sentado en un banco del parque, frente por frente a la cafetería, donde releía el mismo periódico por segunda o tercera vez.

Carmelo le aseguró a Gabriel que el pastel de bodas, las confituras y los emparedados estarían en su casa a la hora acordada, y aprovechó para felicitarlo y desearle, con una palmada en el hombro, un matrimonio muy feliz. Además, se permitió darle un consejo, basado en su propia experiencia:

"Gabrielito, nunca olvides que en tu casa, la última palabra la dices tú: sí, mi amor. Te garantizo que así no vas a tener problemas".

Gabriel Arcángel recibió el consejo con una sonrisa educada y se alejó a toda prisa para recoger su traje en la sastrería. Por esta vez, haría una excepción y no vestiría con ropa confeccionada por doña Pura. No veía el momento de ver a su Florecita convertida en la flamante señora de Buenaventura. Y como todo en la vida llega, más tarde o más temprano, la hora de la boda también llegó.

A las nueve de la mañana el pequeño grupo de invitados se reunió en la Iglesia del Sagrado Corazón, para asistir a la ceremonia religiosa. Paulina, como toda novia que se respetara, se estaba haciendo de rogar, mientras Gabriel Arcángel la esperaba en el altar con las manos sudorosas y soportando estoicamente el escrutinio de los presentes, sobre todo de las señoras, que lo revisaron de arriba abajo sin el menor disimulo. Finalmente parecieron quedar complacidas con el aspecto del enano del pueblo, ataviado por primera vez en su vida con un traje negro y un clavel rojo en la solapa, y Gabriel Arcángel respiró aliviado al ver la mirada de aprobación general.

En la entrada de la iglesia aguardaba pacientemente el doctor Porfirio Mendoza, refunfuñando porque Eulalia le había prohibido encender un tabaco hasta que terminara la ceremonia.

"Ni te imagines que vas a llevar del brazo a la novia apestando a nicotina", le había dicho antes de salir de la casa. Y el doctor había preferido hacer caso de su mujer, para evitar una discusión en una ocasión tan importante como ésa.

Finalmente llegó Paulina en el carro de Clemencio Guerra, un Cadillac *beige* convertible, de 1955, que era la envidia de todos los habitantes de Hormiguero del Campo. Doña Pura llegó en el taxi de Rodrigo Veloz, que venía siguiendo el carro de la novia a corta distancia. El doctor Mendoza se apresuró a abrir la puerta del Cadillac para que se bajara la novia, mientras Rodrigo hacía lo mismo con doña Pura. Paulina parecía haberse transformado en otra mujer: llevaba el cabello castaño, con reflejos dorados, recogido en lo alto de la cabeza. Margarito la había peinado y apenas la había maquillado, subrayando el nacimiento de las pestañas con un fino trazo de lápiz negro que resaltaba el color claro de sus ojos. El vestido, *beige* muy claro, tenía el corpiño bordado con canutillos del mismo color de la tela, y la falda se abría debajo del busto hasta llegar a las rodillas, disimulando así el embarazo que ya le había deformado la cintura. En las manos llevaba un ramo de orquídeas y gardenias, que le obsequió, ¿quién otro podía ser?, Florencio Corona, quien además de ser el propietario de la funeraria era dueño de la única floristería del pueblo. Nadie hubiera imaginado, al verla tan radiante y con una tímida sonrisa en los labios, que apenas pudo llegar a tiempo a la ceremonia, pues esa mañana se había levantado con unas náuseas espantosas que sólo pudo controlar con un cocimiento de jengibre que le preparó su suegra antes de salir.

Paulina entró a la iglesia del brazo de Porfirio, provocando murmullos de admiración entre las señoras y algún que otro comentario de envidia entre las muchachas solteras que soñaban con verse en la misma situación. Lástima que el pueblo se había quedado sin fotógrafo, desde la trágica muerte de Mauricio Pintado. De todos modos Margarito había llevado una camarita y sacó una instantánea de los novios que más tarde doña Pura colocaría en el lugar más visible de la sala. De pronto comenzó a sonar el órgano de la iglesia, y al mirar hacia arriba para averiguar de dónde salía la música, Gabriel Arcángel divisó a Evaristo Trompa que le hacía un guiño de complicidad mientras entonaba las notas del Ave María. El enano pareció crecer unos centímetros, de puro orgullo, al tomar del brazo a su novia ante el altar y recibir la bendición del padre Panchito. Después de intercambiar los anillos, sellaron su juramento con un beso, para lo cual Paulina tuvo que inclinarse levemente y Gabriel Arcángel tuvo que empinarse en las puntas de los pies.

Al mediodía comenzaron a llegar los invitados al festejo en casa de doña Pura. La madre del novio había cubierto la mesa del comedor con un mantel blanco bordado a mano, el mismo que había confeccionado ella para su boda. Además del pastel de tres pisos, con una pareja de novios plásticos en la cumbre, había un sinnúmero de golosinas que harían las delicias de los invitados: panetelitas borrachas, cangrejitos rellenos de carne, croquetas de jamón, ensalada de pastas, emparedados, pastelitos de guayaba y buñuelos en almíbar. Los ramos de mariposas estaban repartidos en jarrones por todas las habitaciones, y el aroma se había expandido por la casa de manera que se podía percibir desde varios metros de distancia. En el patio se enfriaba la cerveza en un bidón lleno de bloques de hielo, y en la cocina Margarito daba los últimos toques a un ponche de ron, refresco de limón y pedacitos de piña, guayaba, mango y mandarina, que decía era su especialidad. Para los señores que consideraban el ponche una bebida de mujeres, había ron Matusalén y coñac Pedro Domec, cortesía de Carmelo Rosales. Por si fuera poco, doña Pura tenía en el refrigerador varias botellas de guayabita del pinar, un licor dulce y agradable al paladar, pero capaz de emborrachar al bebedor más experto, si no se consume con moderación.

En el pasillo que bordeaba los cuartos hasta el patio se alineaban las sillas de tijera donde se fueron sentando los invitados. En el patio había un cuarto adicional, que en otro tiempo había servido para la servidumbre, con un baño que podrían usar los caballeros que necesitaran hacer espacio en la vejiga para seguir bebiendo cerveza o las damas que quisieran retocarse el peinado o el maquillaje.

Los últimos en llegar fueron el coronel Rodolfo y su inseparable compañera y asistente, Gladys, quienes como ya habían visitado la casa antes, no necesitaron que nadie los guiara hasta el pasillo, y hacia allá se dirigieron, mientras la escolta los esperaba en un jeep verde olivo. Pasado el primer momento de extrañeza, al ver al gigantón –que al menos tuvo la gentileza de quitarse el uniforme y vestirse de traje para no desentonar– la gente se olvidó de él y siguió en lo suyo. Sobre todo porque en ese momento Margarito puso en el tocadiscos un disco de Benny Moré, y los bailadores llenaron la sala para mostrar sus habilidades al compás de *Maracaibo oriental* y *Qué bonito y sabroso*.

Un rato después el ponche y la cerveza ya habían comenzado a hacer efecto en los bailadores. Los hombres se quitaron el saco y se aflojaron la corbata, y las señoras se abanicaban frenéticamente para aliviarse del calor, sin poder contener la risa que les causaban los tragos. En lo mejor de la fiesta, doña Pura repartió unas bolsitas de tul rosado, rellenas de arroz, que los invitados deberían tener a mano para lanzarles a los novios al momento de marcharse de luna de miel. El doctor Guerra le había prestado la llave de su Cadillac a Rodrigo Veloz para que se llevara a la pareja hasta Cienfuegos; allí tomarían un barco para trasladarse a Pasacaballos, donde pasarían la luna de miel. El propio Rodrigo se encargaría de recogerlos una semana después y devolverlos al pueblo para comenzar su vida de casados.

"¡Que vivan los novios!", gritó Margarito cuando Gabriel Arcángel y Paulina, vestidos con ropa casual, salieron del cuarto maleta en mano, listos para abordar el Cadillac.

Doña Pura los abrazó y besó a los dos, y después ambos se despidieron de los invitados, quienes se habían agrupado junto a la puerta para felicitarlos por última vez. Una lluvia de arroz bañó a la pareja antes de desaparecer en el interior del automóvil, y los gritos de "viva" siguieron por un rato más, aún después que la pareja se perdió a lo lejos. Y entonces fue que la fiesta se puso mejor que nunca.

Margarito comenzó a sacar de la cocina bandejas con copitas de guayabita del pinar, y aunque al principio algunos rechazaron la bebida por temor a los efectos de la mezcla, con el calor del baile y la euforia producida por el alcohol, todos terminaron bebiendo. Especialmente el coronel Rodolfo y su asistente. A ésta se le vio ir varias veces a la cocina para pedirle a Margarito que volviera a llenarle su copa, y él, con exagerada cordialidad, ni siquiera permitía que el coronel se levantara de su asiento, llevándole él mismo la "guabita del pinarrr", como decía el alemán. Pronto estuvieron todos bailando una conga, agarrándose de la cintura del que tenían delante, a lo largo del pasillo y hasta el patio. Una vez en el patio, el "trencito" daba la vuelta y deshacía el recorrido hasta la sala, sin perder el ritmo ni dejar de mover las caderas al compás de la música.

Ya había oscurecido cuando comenzaron a irse los primeros invitados. Doña Pura se encargó de acompañarlos hasta la puerta, dándole un pedazo de pastel a cada una de las señoras para que le llevaran a la familia. Entonces se dio cuenta de que hacía un buen rato que el coronel se le había perdido de vista, y que su asistente lo buscaba sin lograr encontrarlo. Una leve sospecha le cruzó por la mente, pero de inmediato la desechó por improbable.

"Estás loca, Purita, siempre estás viendo visiones", se dijo.

Pero aún así decidió comprobar si estaba en lo cierto o se había equivocado.

Mientras se acercaba al cuartito del patio, pudo escuchar claramente los suspiros, jadeos y gruñidos del alemán, que no dejaba de murmurar "Mein Got! Das ist so gut!... Weiter, weiter!" La puerta estaba entreabierta, por lo que no tuvo que esforzarse para abrirla de par en par, con un pequeño impulso de la mano. Allí estaba, arrodillado frente al oficial, Margarito, tan enfrascado en practicarle el sexo oral al coronel Rodolfo, que ni siquiera se dio cuenta de que doña Pura tuvo que taparse la boca para no gritar. El oficial, por su parte, estaba tan borracho que no sabía si estaba en una fiesta de quince o en un funeral, pero era evidente lo complacido que se sentía y que allí se hubiera quedado toda la noche, con los ojos en blanco y murmurando frases incomprensibles, si lo hubieran dejado. Sólo que doña Pura no era alcahueta de maricones, como le dijo a Margarito, y halándolo por una oreja, lo obligó a ponerse de pie y a irse de la casa a toda prisa.

"Él me sonsacó, madrina", lloriqueaba antes de irse. "Total, ¡es un escaparate grande con la llave chiquita!".

De milagro doña Pura pudo evitar que Gladys se enterara de lo que había ocurrido, para que el escándalo no fuera mayor.

"Tienes que llevarte al coronel, está muy borracho", le dijo.

Lo difícil era encontrar a alguien que pudiera levantar el corpachón del alemán y trasladarlo al jeep que lo esperaba en la calle. Se necesitaron varios invitados, entre los más corpulentos, para ayudar a los escoltas a llevárselo, borracho como una uva, hasta el jeep, mientras Gladys se preguntaba por qué rayos su jefe y amante andaba con la portañuela abierta.

La mañana siguiente, el oficial Rudolf Eisenhand despertó en su cama de hotel con un dolor de cabeza terrible. De la noche anterior sólo recordaba haber bailado una música con acompañamiento de tambores que lo hizo mover los pies sin parar, a pesar de que aún los tenía lastimados por la afección de los hongos. Y que había tomado infinidad de copas de licor confeccionado, al parecer, con una fruta exótica. De pronto recordó haber besado a un jovencito de unos veinte años, de aspecto muy afeminado. Y haberse sentido tan excitado, que terminó sentado en un sillón de balance, mientras el chico hurgaba en su portañuela y se lanzaba sobre su sexo con una voracidad desconocida para él hasta entonces. Lo que no recordaba bien era si la dueña de la casa los había sorprendido antes o después de terminar lo que estaban haciendo. Tenía la boca reseca, por efecto de la borrachera, y en su mente sólo había un pensamiento: servirse un vaso de agua fría con hielo, para aliviarse la resaca.

Sólo que durante ese día, y por lo que restaba de semana, no podría combatir el calor bebiendo agua fría ni sumergiéndose en la bañera llena de agua con trozos de hielo. Tal y como se enteraría media hora después, en la oficina de la acera del Ayuntamiento, los camiones que debían llegar de Cienfuegos cargados de bloques de hielo habían sido asaltados por la guerrilla esa madrugada, y después de haber retenido a los camioneros por espacio de una hora, esparcieron el hielo por la carretera y éste se derritió en poco tiempo, debido a las altas temperaturas de la temporada. Sin dudas, el mensaje de Hércules había sido recibido y le habían cortado la entrada de agua al coco.

Pedro Sarría Jr.

Le repito que usted no puede creer nada de lo que diga esa gente. Todo lo que han dicho, desde que se adueñaron del país, es pura mentira. Primero, que Cuba sería verde como las palmas, y terminó siendo más roja que el Kremlin. Después, que todos seríamos iguales, que nunca más discriminarían a los negros. ¿Y usted conoce algún negro que tenga un puesto importante en el gobierno? El único era Almeida, y eso porque parece que era un jodedor que lo que le gustaba era la curda y las mujeres, por eso el tipo no se metió con él. Vaya, que no era un peligro como los otros que se despachó, y más bien lo tenía de pantalla, para que nadie le sacara el sable de que no había negros en el gobierno. Allá se la pasaban metiéndole miedo a los negros con la discriminación en los Estados Unidos, y para decirle la verdad, mi padre nunca vivió mejor en Cuba de lo que vivió aquí. Lástima que vino muy viejo para seguir boxeando, usted sabe que ese deporte es para la gente joven, y él ya andaba por los cincuenta cuando salió de la cárcel y pudo venir. Además, tenía los nervios destruidos. Diez años cumplió, aunque no le pudieron probar nada. Total, ni falta que les hacía. Él me contó que en presidio vio de todo. Con él estuvo un testigo de Jehová al que le echaron una pila de años, según dijeron en el juicio, porque no dejaba que sus hijos saludaran la bandera. Cuando el hombre trató de defenderse, explicando que no tenía hijos y que ni siquiera estaba casado, le dijeron que no importaba, porque cuando los tuviera no los iba a dejar. Así son las cosas allá. Ellos siempre tienen las de ganar. Hasta un día.

Mensaje #7

A Hércules:

Esperen la señal del muerto.

No cualquier mujer de Hormiguero del Campo se hubiera atrevido a casarse con Florencio Corona, el dueño de la única funeraria del pueblo. En unos tiempos en los que todo lo que tuviera que ver con la muerte era considerado de mal agüero por los habitantes de los pueblos semirrurales o "del interior", como solía llamársele a las ciudades y provincias que no fueran la capital, el funerario tenía muy pocas probabilidades de encontrar una candidata a convertirse en la señora Corona. Hasta que conoció a Leonor Buenavista, una muchacha proveniente de una familia de ganaderos, quien ya frisaba la treintena y no estaba como para hacerse de rogar.

Aunque a decir verdad, con unos ojos azulísimos que delataban a sus ancestros de la Península y más de un metro setenta de estatura, Leonor hacía voltear las cabezas de todos los vecinos del pueblo, cuando iba a la retreta los domingos. Sin lugar a dudas, la futura señora Corona hubiera podido escoger entre varios pretendientes que suspiraban por su carita de muñeca, pero ella, para sorpresa de muchos, se decidió por Florencio. Nadie sospechó entonces sus verdaderos motivos: Leonor, desde muy pequeña, era clarividente y vivía rodeada de almas en pena que se comunicaban con ella a toda hora para enviar mensajes a los parientes que habían dejado en este mundo antes de marcharse al otro, o para concluir misiones que habían dejado inconclusas.

Cuando Florencio comenzó a fijarse en ella y a enviarle ramos de flores con tímidas cartas en las que le pedía que lo acompañara al parque para escuchar a la banda municipal, ya Leonor había dejado de asustarse por las usuales visitas de los difuntos con asuntos pendientes. Estaba convencida de que había nacido para ayudar a las almas del más allá y para consolar a los dolientes que habían dejado en la

Tierra, y para ella era tan natural conversar con espíritus descarnados que a veces le costaba distinguir entre vivos y muertos. "Hay que temerle más a los vivos que a los muertos", solía decir, y solamente mirándoles los pies distinguía entre unos y otros, pues a los espíritus nunca podía verlos de las rodillas para abajo.

La verdad es que Florencio le cayó simpático desde la primera carta que le envió. Y pese a los consejos de sus amigas, que se horrorizaron ante la idea de ver a Leonor llegando al altar para unirse en santo matrimonio con el funerario, hasta que la muerte los separara, la joven médium usó el sentido práctico que nunca la abandonaba, ni en las peores circunstancias, y concluyó que Florencio era su alma gemela. "Después de todo, tú te encargas de los cuerpos de los difuntos, y yo me encargo de sus espíritus. Si me prometes no inmiscuirte en mi misión, y dejarme consultar a todo aquel que necesite mi consejo espiritual, entonces nos casamos", le dijo a su pretendiente. Y Florencio, aunque un poco sorprendido por el secreto que su futura esposa le acababa de revelar, selló el compromiso con un beso de piquito, pues en aquellos tiempos todavía los novios no se atrevían a ir más allá de tomarse las manos y besarse en el cine, cuando podían burlar la vigilancia de la chaperona.

De entonces a la fecha habían pasado ya sus buenos treinta años. Leonor procreó a unas gemelas, Alma y Encarnación, que se casaron muy jóvenes, un poco influenciadas por su madre que les inculcó pescar un marido temprano, para que no tuvieran que aceptar al primero que las enamorara por temor a quedarse para vestir santos. Afortunadamente supieron escoger a sus parejas, y las dos eran muy felices con sus medias naranjas, a quienes les habían parido hijos gemelos también. La única preocupación de Leonor era que a sus dos yernos se les había metido en la cabeza irse del país, y sus hijas estaban haciendo hasta lo imposible por convencer a Florencio de que los acompañara para comenzar una nueva vida en el Norte. Pero Florencio era más terco que una mula y no quería dejar la funeraria que habían fundado sus abuelos. Ni siquiera lo habían podido convencer diciéndole que eso era una causa perdida de antemano, pues al paso que iba todo en el país, terminarían expropiándole el negocio, tal como habían hecho con el ganado y las tierras de la familia Buenavista.

Desde que sus hijas se fueron de la casa para ir a vivir con sus esposos –el casado, casa quiere, repetía siempre Leonor– a la señora Corona le sobraba el tiempo. Seguía madrugando como en la época en que tenía que llevarlas a la escuela, y después de despedir a Florencio en la puerta, limpiar la casa, adelantar el almuerzo y encenderle una vela a su alma protectora, que ella juraba era una gitana que tuvo una muerte trágica, se disponía a consultar a los vecinos que querían comunicarse con sus parientes del más allá. Lo mismo les leía las cartas que la borra del café, y aunque no le gustaba mucho, porque decía que se quedaba todo el día debilitada y con dolor de cabeza, también celebraba misas espirituales cuando el caso lo requería, pues a veces los difuntos eran muy difíciles de convencer para que abandonaran de una vez el mundo terrenal y pasaran literalmente a mejor vida.

Esta mañana, sin embargo, Leonor no se sentía con ánimo de atender a nadie. Había tenido una pesadilla terrible, en la que un insecto asqueroso se le metía debajo de la piel por una mano, y pese a sus esfuerzos por liberarse de él, lo sentía recorrerle el brazo, el hombro y estaba a punto de llegarle al corazón cuando despertó aterrorizada y sudando a mares. Nada bueno podía presagiar ese sueño, y ella nunca se equivocaba a la hora de interpretar las señales del destino.

Acababa de encender dos velas blancas, una a su gitana protectora y otra a la Virgen de la Caridad del Cobre, cuando escuchó que alguien tocaba a la puerta. La visión que encontró frente a ella, cuando abrió, fue tan sorprendente que terminó de borrar de su mente el recuerdo de la pesadilla.

Leonor estaba más o menos acostumbrada al misterio con el que mucha gente del pueblo le visitaba, por temor a que los vecinos se enteraran de sus creencias. Pero lo de esta mujer que tenía enfrente no tenía comparación con nada.

Se había puesto lentes oscuros, se había anudado debajo de la barbilla un pañuelo enorme que le cubría toda la cabeza, y un abrigo negro, que le llegaba a los pies y se veía a la legua que no era suyo, impedía distinguirle el cuerpo. Leonor sintió el impulso de cerrarle la puerta en su cara, por aquello de que "hay que temerle más a los vivos que a los muertos", pero la detuvo el ruego de la mujer y la conciencia de que la pobre, debía de estar sudando la gota gorda debajo del abrigo.

"Por favor, señora, necesito que me consulte ahora mismo. Es muy importante".

Leonor dejó pasar a la mujer y cuando ésta se despojó de los lentes, el pañuelo y el abrigo, la embargó la sensación de haber visto antes su rostro, aunque no pudo identificarla en ese momento. Sus años de experiencia le hacían suponer que el asunto que la había traído a su casa tenía que ver con un hombre. Esa desesperación en la mirada es la misma que llevaban siempre las mujeres que se sabían engañadas, cambiadas por su hombre por otra mujer más joven o menos mojigata, y ella había aprendido a identificarla desde el momento en que una clienta se plantaba delante de su puerta.

"Mal de amores, ¿verdad? Pero siéntese, no se quede ahí parada".

La desconocida asintió con la cabeza y se sentó con la misma expresión desesperada en la cara, mientras Leonor buscaba las cartas españolas.

Lo que vio en las cartas no le gustó ni un poquito. El asunto que había traído a la mujer hasta su casa era lo de menos. El problemazo en el que su hombre estaba metido era mucho más serio de lo que ella pensaba, y su futuro estaba marcado por la tragedia. Había fuego, sangre y muchas muertes en las cartas que tenía delante, y Leonor no quiso seguir indagando hasta tener al causante de tanta destrucción en la sala de su casa.

"Poco puedo hacer si no me trae a su marido, señora. Pero tráigalo cuando antes, no hay tiempo que perder".

Tan preocupada quedó Gladys con lo que le dijo la vidente que olvidó ponerse el pañuelo en la cabeza cuando salió de casa de Leonor. Todo lo que tenía en su mente era cómo iba a hacer para convencer a Rudolf de que fuera a tirarse las cartas.

Desde hacía más de tres meses, el coronel se comportaba de una manera muy extraña. Nunca había sido cariñoso, del modo como ese término se entiende en el Caribe. Más bien era huraño y bastante tosco en la intimidad. Pero ya ella se había encariñado con su modo brusco de hacerle el amor, cuando la buscaba sin rodeos, de la cintura para abajo, sin las caricias preliminares que tanto ella deseaba y a la que la tenían acostumbrada sus amantes de la isla. Ahora la ignoraba por completo, y se pasaba la mitad de la noche con la vista fija en el techo, como dándole vueltas a algo que no se atrevía a confesarle. Cuando al fin lograba dormirse, más allá de la medianoche, no dejaba de dar vueltas en la cama, como sacudido por extrañas pesadillas que lo hacían balbucear frases que ella no alcanzaba a comprender porque no hablaba ni una palabra de alemán. Estaba segura de que su Rudolf estaba obsesionado con otra mujer, una mujer que lo había enloquecido hasta el punto que no lograba excitarse las pocas veces que se disponía a hacerle el amor. Pero ella iba a averiguarlo todo, se enteraría de todo lo concerniente a esa misteriosa mujer, aunque para lograrlo tuviera que ponerle una pistola en la cabeza a la cartomántica.

Lejos estaba Gladys de saber el tormento por el que estaba atravesando el hombre de sus sueños. Justo en el momento en el que ella caminaba rumbo al hotel donde se hospedaban ambos, el coronel Rudolf Eisenhand trataba infructuosamente de analizar los informes que se amontonaban en su escritorio. Por más que trataba de concentrarse en las cifras de atentados, cañaverales incendiados, desvío de recursos del central aledaño, que sin dudas iban a parar a las guerrillas, así como confidencias de colaboradores del aparato de seguridad del gobierno, no podía alejar de su mente la pesadilla que lo estuvo atormentado toda la noche, de forma recurrente. Cada vez que lograba quedarse dormido, lo despertaba un sueño terrible, en el cual un ser fantasmagórico, al que no podía distinguirle la cara, le succionaba el pene con una fuerza descomunal, amenazando con tragárselo entero. Podía sentir claramente como aquel sujeto, con un apetito que parecía no tener fin, lo chupaba sin cansancio, llegando a triturar sus huesos y tragando sus extremidades desinfladas como un globo de feria, para luego absorber con la misma fuerza lo que había sido su torso musculoso y fuerte, y que había quedado convertido en una masa reblandecida como el cuerpo de un muñeco de trapo. Una y otra vez se despertaba aterrado, cuando el succionador estaba a punto de tragar su cabeza que era la única parte de él que le faltaba por devorar.

Pero eso no era lo peor. Desde que comenzó a tener esta pesadilla recurrente, no había podido cumplirle a su amante ni una sola vez. Aunque solía despertar en medio de una gran excitación, y muchas veces descubría con asombro que había eyaculado durante el sueño, tan pronto se disponía a consumar una relación sexual con su amante, toda la excitación desaparecía y no lograba tener una erección suficiente como para penetrarla. El recuerdo de lo que había ocurrido la noche de la boda del enano no dejaba de perturbarlo, pero en el fondo reconocía que al mismo tiempo lo excitaba, como en los tiempos en que estaba en la academia militar y no podía evitar mirar de soslayo a sus compañeros mejor dotados cuando se duchaban juntos. Aunque nunca se había permitido pensar en su secreta atracción por los hombres, lo que sucedió con Margarito había sido la realización de su más oculta fantasía, algo que lo llenaba de vergüenza y de rabia porque sentía que, desde entonces, una parte de su alma se la había llevado el joven afeminado entre los labios, tal como el monstruoso fantasma de sus pesadillas absorbía su cuerpo reblandecido y sin huesos en medio de un incontrolable orgasmo que le hacía despertar bañado en su propio semen. "Me voy a volver loco", pensaba, mientras se exprimía los sesos tratando de encontrar la forma de ponerle fin a su angustia.

El coronel le dio un manotazo a los papeles que tenía frente a él, encima del escritorio, y salió de la oficina con la intención de caminar por los alrededores para olvidarse de sus pesadillas y repasar mentalmente la situación de emergencia en la que se encontraba Hormiguero del Campo.

Las calles del pueblo, antes llenas de compradores que llegaban de las montañas con el fin de surtirse de monturas, botas, mosquiteros, lámparas de keroseno y otros objetos indispensables para la vida doméstica en el campo, se veían desoladas. Cada vez menos campesinos bajaban de las lomas, por el temor a tropezarse con alguna escaramuza entre las guerrillas y las tropas de las milicias. Y los propios lugareños comenzaban a escasear también, no sólo por la tensión creada por la situación militar, sino porque a diario los colaboradores de los guerrilleros aprovechaban la oscuridad de la noche para perderse entre las montañas sin dejar rastro. Contaban con la complicidad de sus vecinos, que fingían no darse cuenta de su ausencia y no volvían a mencionar sus nombres, como si nunca hubieran existido. Cuando las autoridades del pueblo advertían lo sucedido, ya era demasiado tarde para seguirles la pista y capturarlos antes de que se incorporaran a la guerrilla. Cada vez había más mujeres solas a cargo de sus hijos y dándole el frente al manejo de la casa, a falta de un marido que ocupara el lugar del padre de familia. Pero ninguna se quejaba, y ni una sola se había acercado a la oficina de frente al parque para dar cuenta del abandono de quien había jurado estar con su esposa en las buenas y en las malas, en la salud y en la enfermedad. Había una especie de acuerdo tácito entre todos los habitantes del pueblo para proteger a los que faltaban y hacer que la vida continuara su curso como hasta ese momento. Pero no había que ser muy intuitivo para respirar la tensión que reinaba en las calles y en los rostros de los pocos transeúntes que se cruzaban en el camino del coronel, mientras él caminaba lentamente con las manos entrelazadas a su espalda.

"Füchse", se dijo. "A mí no me engañan". Recordó el último mensaje interceptado y dirigido al agente Hércules y se preguntó qué estaría tramando ahora el enemigo. Cualquier cosa que fuese, contaba seguramente con el apoyo de estos mismos hombres que pasaban por su lado aparentando inocencia, pero que al esconderse el sol, se convertían en aliados de las guerrillas que operaban en las montañas. A pesar de la estricta vigilancia mantenida sobre cada una de las salidas del pueblo, los colaboradores del enemigo se las arreglaban para hacerle llegar alimentos, medicinas y ropa, como se había comprobado cada vez que la Milicia encontraba algún campamento abandonado con rastros de lo que había sido un sitio estratégico de la guerrilla. Los últimos días habían sido relativamente tranquilos, sin incidentes provocados por los guerrilleros con consecuencias para el poblado de Hormiguero del Campo y sus alrededores, pero su instinto de militar experimentado le decía que algo serio se tramaba en la oscuridad de la noche, algo mucho más grave de lo que había ocurrido hasta ahora, aunque no tenía la menor idea de lo que podría ser.

De regreso a la oficina de al lado del Ayuntamiento, el coronel Eisenhand llevaba en su cabeza las mismas preocupaciones que cuando inició su recorrido. Pero al menos había tomado una resolución que, estaba seguro, le reportaría cierta tranquilidad.

Al entrar en su oficina tomó el teléfono y le impartió una orden al capitán Arteaga para que se cumpliera de inmediato. Dos horas más tarde decidió irse a descansar y se dirigió al hotel donde ya lo esperaba Gladys, impaciente y deseosa de convencer a su amante de que la acompañara a visitar a la señora Corona.

Rudolf le había tomado cariño a su asistente, de eso no cabía la menor duda. La mujer era capaz de aguantarle sus arranques de malhumor, su desapego al agua y al jabón y sus exigencias en cuanto al planchado de su uniforme sin expresar una sola queja. Su único defecto era ser demasiado comunicativa, como el resto de los nativos; Gladys era capaz de hablar sin parar de la mañana a la noche, excepto cuando se veía obligada a guardar reserva por exigencias de su profesión. Pero el militar sospechaba que, a pesar de su probada fidelidad y paciencia, ya comenzaba a cansarse de su pobre actuación en la intimidad y de sus gritos en medio de la noche, cuando despertaba sudoroso y peleando en alemán con un enemigo invisible.

Por eso no le sorprendió que su amante sacara a relucir el asunto que tanto preocupaba a los dos, y que él se había esmerado en soslayar cada vez que conversaban a solas. Rudolf se acostó a su lado en la habitación de hotel que compartían y decidió dejarla hablar sin interrumpirla, mientras repasaba en su mente los detalles de la investigación sobre el escurridizo agente Hércules.

"No podemos seguir así", comenzó diciendo. Y al ver que Rudolf no hacía el menor comentario, decidió abordar el espinoso tema sin rodeos.

"Lo que te está pasando no es normal... A menos que tengas otra mujer y que yo ya no te guste"...

El coronel escuchaba a su amante como a través de un cristal, con la mente muy lejos de aquella habitación de hotel. Estaba tan acostumbrado a no prestarle atención cuando hablaba, que sus palabras llegaban a carecer de significado para él, y podía seguir el curso de sus pensamientos durante más de una hora, como arrullado por la cháchara inagotable de la mujer, quien nunca llegaba a darse cuenta de que hablaba con la pared. Pero esta vez fue diferente, porque algo en el monólogo de Gladys le hizo prestarle atención de repente. Fue una frase que entró en su cabeza como un rayo de luz a través de una ventana.

"¿Cómo dijiste?".

"Te decía que esa mujer es una vidente, alguien con poderes sobrenaturales que entiende las señales de los muertos".

"¿Qué señales?".

"Ellos le dicen lo que la gente no puede saber, y hoy vio cosas oscuras en tu futuro... ¡Tienes que ir a verla mañana mismo! Pero... ¿qué haces?".

Antes de que Gladys terminara de explicarle su encuentro con la señora Corona, ya el coronel Eisenhand se había levantado de la cama y se estaba poniendo la camisa del uniforme para volver a salir.

"¿A dónde vas?".

"Duérmete si quieres, que yo regreso tarde".

Los habitantes del pueblo nunca se pudieron explicar cómo el don de adivinación de Leonor Buenavista no le avisó del peligro.

A las seis de la tarde, cuando ya se disponía a preparar la mesa para servirle a Florencio cuando llegara a cenar, la vidente sintió una algarabía de automóviles frenando al frente de su casa. Unos segundos más tarde, escuchó que alguien tocaba a la puerta con toda la fuerza de la que era capaz, y cuando abrió vio un grupo de militares armados hasta los dientes, que entraron como un huracán registrándolo todo. A las seis y treinta se fueron, dejando tras de sí un reguero de ropa, libros, adornos y vajillas, todo fuera de los estantes, armarios y repisas. Con ellos se llevaron a Leonor, blanca como la cera, y con las manos esposadas a la espalda.

Mientras esto ocurría en la casa de la clarividente, otro operativo parecido tenía lugar en la casa de Hermenegildo Menéndez, alias Margarito del Valle. Cuando se lo llevaban, los vecinos vieron claramente cómo el modisto lloraba sin consuelo, con el terror reflejado en el rostro, mientras un hilo de sangre le corría desde una sien hasta la barbilla.

A la medianoche, un incendio devoró los cafetales de la Loma del Muerto, y esa fue la señal que esperaba una veintena de hombres agazapados en los cañaverales a las afueras de Hormiguero del Campo, para transportar a lomo de mulas un cargamento de armas que desde hacía varios días esperaban pacientemente las tropas de José Manuel Cabargas.

Margarito

Ya yo conocí el infierno en la tierra, por eso no le temo a la muerte. El día que me sorprenda la voy a recibir con una sonrisa en los labios, porque ya pagué de este lado lo que hubiera tenido que pagar en el otro. Mi aventura con el coronel Rodolfo me costó muy cara: dos años de trabajos forzados por el 'delito' de ser homosexual. Siempre me he preguntado qué hubieran dicho los demás segurosos del pueblo de haber sabido que su famoso asesor alemán era tan maricón como yo. Varias veces estuve a punto de suicidarme, de atravesarme las venas de las muñecas con el machete que usaba para desyerbar los surcos de caña, tal como vi hacer a más de uno en el campo de concentración. Me consolaba pensando en mi madrina, la única persona que me quiso siempre sin importarle mi preferencia sexual. Cuando salí de la UMAP supe que doña Pura había abandonado el país. Llegué aquí en el 80, después de salir por el Mariel en una lancha desbordada de pasajeros que nunca supe cómo se las arregló para tocar puerto en la Florida sin hundirse. Los primeros años los pasé en California, trabajando en el taller de un diseñador de moda, y cuando abrí mi propio taller en la Florida, a principios de los 90, me enteré de la muerte de mi madrina. Ya sabes, en Miami hacen esas reuniones de los municipios de Cuba en el exilio, en las que todo el mundo se saluda hipócritamente, diciendo que 'estás igualito', aunque tengas cuarenta libras de más y no te quede un pelo en la cabeza. Pero esas reuniones también sirven para ponerse al día sobre la vida y milagros de todo el mundo, y así supe de tu existencia, de tu boda y de todo lo demás. Has tenido mucha suerte en la vida, Paulina. Tu abuela fue una gran mujer.

Mensaje #8

A Hércules:

Tapen con flores caja de municiones.

Esta vez doña Pura no pudo hacer por su ahijado lo que hizo por Eduardito la vez que lo arrestaron en el pueblo. Por mucho que corrió para llegar a la oficina del capitán Arteaga, nada pudo conseguir, pues a Margarito se lo llevaron directamente a La Habana, según le dijo el capitán, aunque ella sospechaba que algo peor le había ocurrido. El arresto del modisto había sido una orden enviada desde el mando superior, le dijeron, y el motivo era desconocido hasta para el propio Arteaga. Muy bien sabía ella a qué se debió el arresto, pero aunque esperó varias horas para que el coronel Eisenhand la recibiera, el alemán nunca se presentó ante ella y se tuvo que regresar a su casa con el corazón encogido de dolor, al imaginar los momentos tan terribles por los que estaría pasando su protegido. Lejos estaba de imaginarse que muy pronto se enteraría de otro suceso tan sorprendente que le impediría volver a pensar por algún tiempo en el modisto.

La proximidad de los carnavales habían traído una especie de tregua al clima de guerra que se respiraba en Hormiguero del Campo y sus alrededores. Durante los últimos veinticinco años, Paco Mortadella había sido el encargado de dirigir las labores de construcción de la carroza y los ensayos de la comparsa del pueblo. La primera, un modesto remedo de las lujosas producciones rodantes que se paseaban por el Malecón de La Habana, y la segunda, encabezada por un escuálido grupo de músicos que compensaban la falta de faroleros y lentejuelas en los trajes con el contagioso sonido de sus tambores. Porque eso sí: las congas de la comparsa de Hormiguero del Campo hacían mover los pies hasta al más viejo de los habitantes del pueblo, descontando quizás a Fermín Madrigal que, como bien todos sabían, había nacido con dos pies izquierdos.

Doña Pura sonrió al escuchar la animada discusión que sostenían varios hombres en un banco del parque, en la que cada uno pretendía imponer a los demás su opinión con respecto al tema de la carroza en las fiestas que comenzarían en unos días. Mientras que algunos eran partidarios de hacer un tema campestre, con palmas, mariposas de papel y saltos de agua imitando el paisaje de la sierra, otros, siguiendo la sugerencia de Pedro Solano, defendían la idea de hacer un tema patriótico, con hombres a caballo disfrazados de mambises y llevando machetes en alto, y una bella joven envuelta en una túnica con los colores de la bandera y un gorro frigio con la estrella solitaria.

"Olvídense de las palmas y los saltos de agua, al menos por este año", pensaba doña Pura mientras se acercaba a la puerta de su casa donde, para su sorpresa, la esperaba Porfirio Mendoza, con el rostro desencajado. Tuvo que hacerlo entrar y pedirle que se sentara y se tomara un té de tilo que le preparó en dos minutos, antes de que el doctor se calmara lo suficiente para poder contarle lo que lo tenía tan alterado.

El motivo de su inquietud eran sus compadres, Clemencio y Rosalba. Unas horas antes, los hombres del capitán Arteaga se habían presentado en su casa y entraron en el cuarto de Eduardo, donde no dejaron un solo rincón sin registrar. Buscaron sin descanso en cada una de las gavetas de la cómoda, sacaron toda la ropa y los zapatos del armario y no dejaron un solo libro sin abrir, como tratando de encontrar lo que buscaban entre sus páginas. Dijeron que Eduardo estaba fugitivo, que era un traidor a la revolución pero que pronto darían con él. Y entre insultos y amenazas les exigieron que se comunicaran con ellos si llegaran a saber algo de su hijo antes de que ellos lo encontraran.

Lo cierto era que ni Clemencio ni su esposa habían vuelto a ver a su hijo desde que estuvo en Hormiguero del Campo filmando escenas de una película. Lo último que supieron de él fue que estaría una semana en Cienfuegos, donde filmaría las escenas finales y de donde regresaría a La Habana para seguir trabajando. Pero por lo que dijeron los agentes de la Seguridad del Estado, fue en Cienfuegos donde ocurrió un incidente que provocó el arresto de Eduardo. Sólo que, cuando lo trasladaban a una cárcel de alta seguridad, a unos 20 kilómetros de la ciudad, él y otros dos presos aprovecharon un descuido del guardia que los vigilaba y mientras uno lo apuntaba con su propia arma, el otro lo obligó a quitarles las esposas y lograron escapar. Hasta el momento no habían encontrado a ninguno de los tres fugitivos, y los agentes del G2 tenían razones para suponer que Eduardo trataría de esconderse en Hormiguero del Campo, donde tenía tanta gente que lo conocía desde que nació.

Porfirio había decidido ir a Cienfuegos a investigar el motivo por el que habían arrestado a su ahijado, y por mucho que doña Pura insistió para que desistiera de su viaje y esperara tranquilo hasta tener nuevas noticias, no pudo convencerlo. Estaba seguro de que alguno de sus amigos de toda la vida, a quienes tantos favores había hecho cuando aún ejercía la medicina, y que ahora apoyaban al Gran Comandante, lo ayudaría a sacar a Eduardo del lío en que se había metido.

"Dale una vuelta a Rosalba, Purita, mira que está desesperada", le recomendó Porfirio.

Un rato después salió a encontrarse con Rodrigo Veloz, que había estacionado el taxi al frente de la casa y esperaba por él para llevarlo a Cienfuegos.

Tres días tardó el doctor Mendoza en regresar de su viaje.

Regresó triste y humillado, como llevando un peso sobre sus hombros. Había contactado a un amigo de Eduardo que presenció el incidente. Ellos estaban con otro compañero de trabajo, conversando en el malecón, de madrugada, después de haber ensayado la escena que filmarían al día siguiente. Para nadie era un secreto que por allí pasaba el carro del Gran Comandante y su caravana de escoltas, cuando visitaba la ciudad, para ir hasta la casa donde se hospedaba. Eduardo, que desde niño era un fanático de las películas de acción y tenía una fantasía desbordaba, comentó que el lugar donde se encontraban era un sitio ideal para dispararle al Gran Comandante a su paso por la avenida. Eso bastó para que su colega, que en realidad era un colaborador del G2, lo delatara, provocando la orden de arresto que podía significarle una condena de veinte años, o hasta la pena de muerte por fusilamiento.

Porfirio, acostumbrado a hacer favores toda su vida, por primera vez se vio en la triste situación de tener que pedir uno. Sin pensarlo dos veces, esperó su turno ante la puerta del delegado provincial del Partido Comunista, a quien conocía desde que era niño porque su padre era pesador de caña en el central Rosita y trabajaba en Hormiguero del Campo en el tiempo muerto. El doctor le había conseguido empleo como mensajero en la farmacia de Urbino Flores cuando apenas era un adolescente y aspiraba a convertirse en enfermero. Con la esperanza de que aquel sujeto al que vio crecer bajo su tutela, no hubiese olvidado lo que había hecho por él, le contó lo sucedido y le pidió que intercediera por Eduardo.

"Si se metió con el Comandante, no tengo nada que hacer", dijo el funcionario encogiéndose de hombros. "Él se lo buscó".

El doctor Mendoza ni siquiera le respondió. Sabía que cualquier cosa que dijera podría perjudicar a su ahijado, y optó por salir de la oficina tragándose sus palabras, pero con la rabia saliéndosele por los poros.

"De malagradecidos está lleno el mundo", sentenció.

Sabía que sus compadres debían de estar desesperados al no tener noticias suyas, y decidió regresar a su casa, deseando con todo el corazón que Eduardo pudiera estar en un lugar seguro, lejos de sus perseguidores.

Ya era de noche cuando el doctor llegó al pueblo. Al atravesar la cuadra de frente al parque, después de contarle a Clemencio el fracaso de su gestión, su cara entristecida contrastaba con la música alegre y bullanguera de la comparsa que ensayaba al ritmo de los tambores, como si todos, menos él, se hubieran empeñado en dar la espalda a la tragedia colectiva que amenazaba a los habitantes de Hormiguero del Campo.

Eulalia nunca olvidaría esa noche. Porfirio le pidió que buscara a su amigo Horacio Pastrana y estuvo cuchicheando con él en el cuarto por casi media hora. Después le dio un beso y le dijo que se iba a acostar porque estaba muy cansado. Fue la última vez que lo vio con vida.

El médico que mandaron a buscar a Manicaragua, un ex compañero de estudios del doctor Mendoza, dijo que las emociones de los últimos días habían hecho estragos en la salud de su amigo, provocándole una subida del nivel de azúcar en la sangre, y que ésta, a su vez, le causó un derrame cerebral.

"Pasó del sueño a la muerte", le dijo Eulalia a doña Pura, quien se apresuró a visitarla al enterarse del suceso que conmovería a todo el pueblo y pronto se convertiría en el tema de conversación obligado en todas las casas.

Todos sus años de amistad con el doctor, desde el día en que lo conoció en el parque, pasaron por la mente de doña Pura en fracciones de segundo. Sus consejos, su paciencia al enseñarle lo necesario para atender a los enfermos, su ayuda para enfrentar a su padre y poder casarse con Miguel Arcángel, su apoyo para guiar a Gabriel Arcángel cuando el padre se enfermó y murió prematuramente, su cariño incondicional en todo momento. La canción que le escribió cuando ella era muy joven, y que siguió silbándole día tras día, para anunciarle su presencia cuando entraba a la casa sin avisar, para tomar el café que ella le preparaba. Iba a hacerle mucha falta en lo adelante, estaba segura, nunca tendría otro amigo como él.

Entre ella y Eulalia bañaron y vistieron el cuerpo del doctor, y se sentaron, cada una a un lado de la cama, a esperar por Florencio Corona, que iría a recoger el cadáver. Si hubiera podido verlas, Porfirio Mendoza se hubiera sentido feliz, al saber que las dos mujeres que más amó en su vida, compartían como hermanas el dolor de su partida.

"Quién me iba a decir que sería el último servicio que voy a prestar en la funeraria", les dijo Florencio.

Y es que, después del susto que le hicieron pasar a su mujer, a Leonor no le costó mucho trabajo convencerlo para que aceptara la proposición de sus yernos acerca de viajar a los Estados Unidos. La funeraria sería expropiada al día siguiente, dejaría de pertenecerle para formar parte de la larga lista de empresas y bienes arrebatados a sus dueños una vez que manifestaban su intención de abandonar el país.

Pero para ser el último funeral que organizaría, lo cierto es que Florencio se esmeró.

Esa noche el féretro que guardaba el cuerpo de Porfirio Mendoza apenas podía distinguirse tras una montaña de coronas y ramos de mariposas –las flores favoritas del difunto–, como un último homenaje de sus amigos de siempre.

Todos los habitantes de Hormiguero del Campo se acercaron a Eulalia a expresarle sus condolencias. El único que no se atrevió a entrar, consciente quizás de su lamentable aspecto y su aliento etílico, fue Ramiro Almanza. El borracho oficial del pueblo se quedó en la acera, asomando apenas un lado de la cara para despedirse mentalmente del doctor que con tanta dedicación había atendido a su madre hasta el último minuto. Y por eso fue el único también que vio salir de la oficina de al lado del Ayuntamiento al coronel Rudolf Eisenhand, quien después de comprobar que dos agentes uniformados colocaron su equipaje en el maletero del Oldsmobile 88 en el que siempre se trasladaba, se sentó al lado del chofer, se volvió para decirle algo a su asistente, que estaba en el asiento trasero, y partió a toda velocidad en lo que a todas luces parecía ser un viaje largo.

"Se van los bolcheviques", dijo el borrachín.

Pero esta vez nadie le puso atención. Demasiado dolidos estaban los asistentes al funeral como para estar reparando en las frases incoherentes de Ramiro.

Quien no se perdió ni un solo detalle de la partida del alemán fue el capitán Lorenzo Arteaga, que al ver desde la ventana de su oficina cómo el jeep se alejaba a toda velocidad, respiró aliviado y se frotó las manos satisfecho, como disfrutando de antemano los días que se aproximaban sin la desagradable presencia del asesor extranjero, sin sus ácidos comentarios y sin su no menos ácido olor a sudor.

"Ojalá no vuelvas nunca", susurró, aunque sabía muy bien que su ausencia apenas duraría una semana, el tiempo que había solicitado el propio asesor al mando superior en La Habana, para resolver algunos asuntos pendientes.

El capitán Arteaga no sabía exactamente qué pretendía hacer el asesor Rodolfo en la capital, pero suponía que tenía que ver con el estancamiento del caso Hércules, del cual no habían adelantado nada desde su llegada a Hormiguero del Campo. "Pero le voy a tener preparada una sorpresa cuando regrese, para que sepa quién soy yo".

El capitán volvió a asomarse a la ventana, pero esta vez dirigió la vista hacia la funeraria Corona, donde la gente del pueblo había pasado la noche y esperaba la hora de acompañar el cadáver en su último viaje. El único que se había ausentado antes de tiempo era Gabriel Arcángel, que dado el estado en que estaba su mujer, la había llevado a la casa para que descansara, prometiendo unirse al cortejo a la hora del entierro.

"Todo está en orden", pensó el capitán al distinguir en la entrada de la funeraria, justo al lado de Ramiro, a dos de los hombres que vigilaban todo lo que ocurría en el velatorio.

El cortejo fúnebre partiría en dirección al cementerio a primera hora en la mañana, pues tal y como había advertido Florencio, ese mismo día tendría lugar la expropiación.

"Espero que no vayan a formar un escándalo, bastantes líos tenemos ya en este pueblo", se dijo el oficial mientras apuraba una taza de café, la sexta desde que comenzó a trabajar la noche anterior.

Clemencio Guerra, Horacio Pastrana, Urbino Flores y Rodrigo Veloz fueron los primeros en salir de la funeraria, llevando en hombros el ataúd. Les siguieron la viuda del doctor, doña Pura, Rosalba y Leonor, quien tuvo que hacer un gran esfuerzo para cumplir con su amiga Eulalia por el terror que le producía salir a la calle desde que la tuvieron detenida unas horas en una celda de la seguridad del estado. Caminaron unas cuadras, seguidos por los vecinos del pueblo, y subieron a los autos que esperaban para llevarlos al cementerio. Ninguno pudo ver cómo, mientras ellos se alejaban, cuatro hombres uniformados entraron a la funeraria, dispuestos a poner en práctica la ley de expropiación de bienes impuesta por el Gran Comandante.

Fermín Madrigal se había ofrecido para despedir el duelo y de paso leer un soneto que había escrito en memoria del doctor Mendoza. Eulalia, sabiendo que el doctor siempre se había burlado de sus intentos literarios, trató de impedirlo, pero ninguno de sus argumentos sirvió para que el inspirado poeta desistiera de su idea. Allí estaba él, con un lazo negro en la manga del saco, en señal de luto, dispuesto a comenzar a leer las palabras que había escrito en memoria de "uno de los hijos más distinguidos, perínclitos e impolutos de Hormiguero del Campo".

Pero el discurso del poeta se vio interrumpido por la llegada de dos jeeps cargados de uniformados, quienes, para espanto de todos los presentes, se encaminaron hasta el sitio donde se encontraba el ataúd, junto a la fosa abierta, y rompieron la tapa ayudados de una pata de cabra. Después, mientras uno revisaba las flores una por una y lanzaba las coronas por tierra, después de sacudirlas vigorosamente, los demás levantaron el cadáver, lo colocaron en la tierra, y rompieron el forro de la caja, palpándola por los cuatro costados, como tratando de encontrar algo sin ningún resultado. Ante el estupor de los dolientes, y en medio de un silencio interrumpido solamente por los sollozos de las mujeres, volvieron a colocar el cadáver en la caja y la cerraron de cualquier manera. Después le ordenaron al sepulturero que comenzara el entierro.

El capitán Arteaga recibió el informe de labios del teniente Urquiza, sin decir una palabra. Después le ordenó retirarse, y se quedó solo en su oficina, descompuesto por la falta de sueño y la rabia de saberse burlado nuevamente por el misterioso agente enemigo.

Todavía estaba en ese estado de desconcierto cuando miró el reloj y se dio cuenta de que una vez más se había pasado todo el día sin comer, tomando una taza de café detrás de otra, mientras trataba de reorganizar la cacería del agente Hércules. Eran las cinco de la tarde, y cuando cruzó la calle para comer algo en la cafetería Los Cocos, recordó de golpe que en dos días comenzaban los carnavales.

"Lo único que faltaba", se dijo.

Pero sabía que las fiestas estarían bien vigiladas para evitar sorpresas. Más bien servirían para relajar el ambiente en el pueblo, y para que la gente dejara de pensar en cosas desagradables como las guerrillas en las montañas, las confiscaciones de propiedades, el control militar de las milicias y la presencia de un oficial extranjero dirigiendo las operaciones antiguerrilleras desde la oficina de al lado del Ayuntamiento.

"Al menos voy a descansar unos días de él", volvió a decirse, y de inmediato se propuso no volver a pensar en ese "nazi apestoso" hasta que se volviera a aparecer ante la puerta de su oficina.

Dos noches después, a unas cuadras de la cafetería, se dieron cita los integrantes de la comparsa Las Hormigas Rumberas. Los hombres, con camisas azules de guaracheros, con vuelos en las mangas de globo y un nudo en la cintura. Las mujeres, con shorts azules también, y reveladores sostenes que apenas les tapaban el busto. Todos con antenitas de alambre en la cabeza, imitando a los insectos de los que habían tomado el nombre.

A pocos metros de ellos estaba la carroza, a la que varios hombres daban los toques finales para el desfile. Sin duda los partidarios de los dos temas que se tuvieron en cuenta para la decoración habían llegado a un acuerdo. La carroza tenía un panel al fondo con los colores de la bandera y un enorme cartel que decía: "El deber de todo revolucionario es hacer la revolución". Las palmas se alineaban a cada lado, con pequeñas plataformas entre una y otra donde se ubicarían las muchachas que desfilarían bailando y lanzando serpentinas de papel. Y al centro había una caja forrada con follaje artificial y flores de colores brillantes, la cual serviría de plataforma a la bailarina principal. Detrás de la carroza desfilaría un pisicorre de la compañía Publicidad Cabel, con dos bocinas a los lados del techo, que se encargaría de aportar la música para que las bailarinas danzaran.

Paco Mortadella, sentado al timón del tractor que conduciría la carroza, impartía órdenes a diestra y siniestra, hasta que quedó satisfecho con la forma en que estaban situados los músicos y bailarines. A un gesto de su mano, la comparsa abrió el desfile mientras todos cantaban:

"Con la curtura namá
Cuba vencerá
Con la curtura namá
Cuba vencerá..."

En la calle principal del pueblo, la gente se había reunido en las aceras de ambos lados, para disfrutar del espectáculo. Aunque un poco extrañados, porque el desfile de la comparsa no había comenzado con la conga que dice "abre que voy, cuidao con los callos", como cada año, después de unos segundos se aprendieron la letra de la nueva conga, y todos terminaron coreando y bailando al compás del "curtural" estribillo. La fiesta seguiría hasta el amanecer, como era costumbre. Pero después de darle la vuelta al parque unas tres o cuatro veces, Paco Mortadella entendió que era hora de retirar la carroza de la calle para que la gente pudiera seguir arrollando con la comparsa a sus anchas.

Tal y como hacía cada año al final del desfile, se encaminó hacia un costado del cementerio, a las afueras del pueblo, donde dejaría estacionada la carroza, desengancharía el tractor y regresaría a dirigir los giros y figuras fundamentales de la comparsa: alas, surtidores, puentes, molinos y cadenas, para concluir con un arrollao.

Allí lo esperaba Horacio Pastrana en su viejo Chrysler blanco. A su lado iba sentada una extraña figura de mujer que al bajarse del carro caminaba con dificultad, como si no estuviese acostumbrada a andar con tacones altos. Aunque lucía unas largas trenzas rubias, tenía una fuerza igual o mayor que la de cualquier hombre, pues se echó al hombro las cien libras de municiones que Paco sacó de la plataforma de flores de la carroza. Después de meterlas en el maletero del auto, se volvió a Horacio y le dijo con voz de barítono:

"Vámonos ya, que el tramo hasta la costa es muy largo".

Horacio se despidió de Paco con un abrazo y se subió al auto que arrancó rumbo a la salida del pueblo que daba a la carretera de Trinidad.

Al pasar por la garita destinada a la vigilancia de la milicia, los recibió un hombre que no sobrepasaba los cinco pies de estatura, pero que vestía un uniforme verde olivo y portaba una metralleta checa. Después que otro miliciano que estaba dentro de la garita apuntó el número de la chapa, el pequeño hombre les indicó con la mano que siguieran de largo y el auto avanzó por la carretera sin volver a detenerse.

A las dos de la mañana, Horacio le dijo adiós con la mano a Eduardo Guerra, y éste le devolvió el saludo desde la embarcación que lo había estado esperando en la costa. Poco antes se había despojado de la peluca rubia, del vestido y los zapatos de tacones. A bordo de la lancha iba un amigo del barbero, Renato Morúa, alias "Majúa". Horacio sabía que el hijo de Clemencio Guerra estaba en buenas manos, ahora debía encargarse de que las cien libras de municiones llegaran esa misma madrugada a su destino: el campamento de Eloy Contreras, en algún sitio entre Cuatro Vientos y Topes de Collantes. Sólo tenía que darse prisa para llegar a la falda de las montañas antes del amanecer.

Leonor

Si hace cuarenta años alguien me hubiera dicho que yo iba a tener una botánica en la calle Flagler, de Miami, me le hubiera reído en su cara. Es cierto que yo nací con un don, y que siempre he tratado a los difuntos con la misma confianza con la que trato a los vivos. Modestia aparte, más de una familia de mi pueblo recobró la tranquilidad después que un espíritu desubicado se dejó convencer por mí de que su lugar no estaba en la tierra sino en otra dimensión. Algunos venían a consultarse conmigo desde el otro lado de la sierra, tanta era la fama que me había ganado por mi trato con los del más allá. Pero eso no quiere decir que yo hubiese imaginado, ni en sueños, que algún día ganaría el sustento de mi familia vendiendo velas e inciensos, cascarilla y hierbas para despojos. Por algo dicen que la necesidad hace parir mulatos. Cuando vinimos de allá, Florencio no podía conseguir trabajo y me di cuenta de que si seguíamos esperando que nos cayera el maná del cielo, moriríamos de inanición él, yo, nuestras dos hijas y nuestros cuatro nietos. Entonces se me ocurrió lo de la botánica. Todos nos pusimos a atender el negocio, que comenzó en un local muy pequeñito y se fue extendiendo hasta ocupar varias tiendas más. Puedo decir que mis nietos se criaron entre gajos de abrecaminos, frascos de agua bendita y oraciones a Yemayá, y la protección de los espíritus y de los orishas parece haber sido tan potente que todos se hicieron hombres de bien. Con el tiempo Florencio se olvidó del negocio de la funeraria, pues después de todo en este país a nadie lo velan después de las once de la noche y con el precio de las cajas y de los terrenos en el cementerio, casi todo el mundo termina convertido en cenizas. En el 80 Florencio fue a Cuba a buscar a los maridos de nuestras hijas y finalmente la familia se pudo reunir de nuevo. Aunque no por mucho tiempo. Los largos años de separación hicieron que las dos parejas se sintieran como extrañas. Una de ellas fue capaz de reencontrarse, pero la otra no tuvo la paciencia necesaria para volver a empezar y poco después anunció su separación. Florencio me dice todos los días que deje las tiendas en manos de las niñas y que me vaya a descansar. Pero no podría soportar estar en la casa día y noche sin hacer nada, mirándolo a él leyendo el periódico y viendo telenovelas por televisión. Mientras Dios me dé salud, seguiré cumpliendo mi misión.

Mensaje #9

A Hércules:

Depositen ayuda bajo tierra.

La comidilla del pueblo seguía siendo la desaparición de Horacio Pastrana, varias semanas después que comenzaron a notar su ausencia. Alguien lo vio por última vez conversando con Clemencio Guerra en la cafetería de Carmelo, unas horas antes de que comenzara el desfile del carnaval, pero desde esa noche parecía habérselo tragado la tierra.

Aunque nadie lo decía en alta voz, muchos especulaban que el barbero se había sumado a las guerrillas aprovechando que la atención de los agentes de la seguridad estaba enfocada en vigilar de cerca a los que bailaban con la conga detrás de la comparsa. Unos días después un camión del ejército entró al pueblo remolcando el Chrysler blanco del barbero, al que hallaron abandonado en las cercanías de la sierra. Lo que el capitán Arteaga no podía comprender era cómo había podido burlar una de las postas situadas en las dos salidas de Hormiguero del Campo, o bien la que daba a la carretera de Trinidad o la que daba al camino a Marabuzal, Fanguito y otros pueblos en las faldas de las montañas. Sin duda Horacio había contado con uno o varios cómplices, y a decir verdad, en ese pueblo infectado de contrarrevolucionarios, cualquiera podía resultar sospechoso.

De todas formas ordenó al teniente Urquiza que averiguara quiénes habían estado encargados de las garitas en las dos salidas del pueblo para poder interrogarlos, y el único que parecía haber visto al barbero en el momento en que se dirigía a la carretera era Gabriel Arcángel. El enano informó que, en efecto, él mismo le había dado paso al auto de color blanco para que tomara la carretera de Trinidad, después de comprobar que Horacio Pastrana estaba en pleno idilio con una mujer joven, de trenzas rubias. "No le pregunté el nombre de la muchacha para no ser indiscreto. Vaya, esas son cosas de hombres en las que uno no se puede meter", dijo el enano cuando le preguntaron. Nadie en el pueblo parecía conocer la identidad de la mujer.

Por otro lado, al capitán le preocupaba no haber tenido noticias del actorcito, como él llamaba al hijo del dentista. Aunque le habían llegado confidencias muy fidedignas sobre su intención de ocultarse en Hormiguero del Campo, hasta el momento no lo habían visto en ninguna parte. La casa de sus padres estaba vigilada día y noche. El otro sitio que el fugitivo podría considerar como escondite era la casa de sus padrinos, pero al capitán le parecía bastante improbable que la viuda del doctor Mendoza estuviera dispuesta a darle albergue, estando en pleno duelo por la muerte de su marido.

Un mensaje enviado por un colaborador de la seguridad del estado, infiltrado en las filas de José Manuel Cabargas, le informó que el incendio en los cafetales de la Loma del Muerto había sido la señal convenida para subir una buena cantidad de armamento que se transportó a lomo de mula desde Hormiguero del Campo. Eso significaba que, mientras sus hombres profanaban el cadáver del doctor Mendoza, los insurgentes celebraban la llegada de los fusiles, probablemente desembarcados en la costa desde una lancha procedente de la Florida. No dudaba que a esa hora el agente Hércules estuviera riéndose a carcajadas del ridículo que acababan de hacer.

"Menos mal que ese alemán apestoso no está aquí", pensó. Tendría que inventar algo para justificar este nuevo fracaso antes de que regresara para no tener que soportar sus comentarios irónicos. Aunque pensándolo bien, tenía motivos para sentirse satisfecho: la Milicia había cercado la noche anterior uno de los campamentos de la guerrilla al mando de José Manuel Cabargas, causándole alrededor de veinticinco bajas, aunque el jefe guerrillero había logrado romper el cerco y a esa hora ya debía de estar comandando otro grupo de hombres en algún sitio impenetrable de la sierra. Estuvieron a punto de capturarlo, y el capitán sabía que eso ocurriría más tarde o más temprano.

La noticia del enfrentamiento de la Milicia con los hombres de Cabargas también se dispersó entre los vecinos del pueblo, traída quién sabía por quién desde las lomas y divulgada en voz baja de casa en casa. Se esperaba que de un momento a otro llegaran a la zona camiones del ejército cargados de refuerzos, para limpiar las lomas de insurgentes. Lo menos recomendable por esos días era andar por carretera si no había un motivo muy fuerte para hacerlo.

Por eso doña Pura hizo hasta lo imposible para convencer a Eulalia de que se quedara en el pueblo en vez de viajar a Manicaragua, donde vivía su hermana y donde había decidido pasar el resto de sus días o, al menos, una larga temporada, tratando de encontrar consuelo tras la muerte de su marido.

"Eso es una locura, Eulalia", decía doña Pura por enésima vez.

"Loca me voy a volver si me quedo encerrada en mi casa, donde me parece estar viendo a Porfirio en todos los rincones", contestaba la viuda.

"Entonces voy a hablar con Gabriel para que te acompañe, porque sola no te voy a dejar ir".

Eulalia, conociendo como conocía a su amiga, sabía que ésta decía la verdad: jamás la dejaría salir del pueblo si no aceptaba hacerlo acompañada de su hijo. De modo que terminó rindiéndose ante los argumentos de doña Pura y bajó la cabeza con un suspiro, dando a entender que haría lo que ella le sugería. Después de todo, Eulalia estaba acostumbrada a hacer todo lo que Porfirio decidió por ella durante más de tres décadas, y ahora que no estaba, sentía que había perdido la brújula que la guiaba por la vida.

Cuando ella conoció al doctor, él ya llevaba varios años ejerciendo su carrera y todas las mujeres casaderas del pueblo andaban alborotadas con el médico que se parecía a Clark Gable. Eulalia acababa de sufrir un desencanto amoroso: Heliodoro Sarmientos, su pretendiente por cinco años, después de haberle prometido matrimonio y de haberla tenido bordando sábanas y toallas durante todo ese tiempo, la dejó "como una papa caliente", según sus propias palabras, y se casó con una prima que vivía en Caibarién.

Eulalia pasó una semana sin comer, encerrada en su cuarto y aceptando tragar a duras penas unas cucharadas de caldo que su madre le daba en la cama, como a una bebé.

Al octavo día de encierro, se levantó de la cama. Se bañó, se hizo una larga trenza que enrolló alrededor de su cabeza y que sujetó con un prendedor en forma de mariposa, y quemó todas las cartas del infiel.

Esa misma noche, mientras se abanicaba sentada en un sillón de balance en el portal de su casa, vio al doctor Mendoza pasar por la acera una y otra vez, vigilando con el rabo del ojo a su futura suegra y saludándola a ella con una leve inclinación de la cabeza cuando comprobaba que la señora no estaba mirando. Para Eulalia fue un amor a primera vista, y el doctor Mendoza se convirtió desde entonces en el objeto de todos sus pensamientos.

Cuando el doctor se le declaró formalmente, Eulalia le puso como condición que se casaran enseguida, pues a su edad no estaba para romper sillones –ella le llevaba cinco años a Porfirio, aunque no se notaba por lo menudita que era–. Además, le hizo prometer que nunca miraría a otra mujer que no fuera ella.

En dos meses el doctor Mendoza pidió su mano, alquiló una casita con jardín, casi a la salida del pueblo, y la convirtió en su esposa ante las leyes de Dios y de los hombres. Para ella nunca fue un secreto la admiración que su esposo sentía por su enfermera, Purita Gutiérrez, pero le bastó conversar con ella un par de veces para saber que sería su amiga para toda la vida, y que nunca le jugaría sucio. En sus más de treinta años de matrimonio, consiguió hacer creer a su marido que ella nunca se dio cuenta de su amor platónico, y su sentido pragmático de la vida le impedía darle demasiada importancia a esa pasión escondida que nunca dio frutos. "Yo lo tengo en mi cama por las noches", se decía cuando una idea empañada por algo parecido a los celos pasaba por su cabeza.

El primer día de su luna de miel, Eulalia se vistió, se maquilló y se perfumó, y le anunció a su marido: "Voy a salir".

Así estuvo haciendo por tres días seguidos, hasta que no pudo más y le dijo a Porfirio: "Y tú, ¿no piensas preguntarme a dónde voy?"

"A casa de tu madre, a dónde vas a ir", le respondió él riendo.

Eulalia comprendió al fin que su marido era el hombre más seguro de sí mismo que había conocido, y que jamás la molestaría con celos injustificados, como solía hacer su antiguo pretendiente. Porfirio tenía una sola palabra, le prometió hacerla feliz ante el altar y se lo cumplió hasta el último día de su vida.

En todo esto iba pensando Eulalia cuando salió de Hormiguero del Campo con Gabriel Arcángel, en el taxi conducido por Rodrigo Veloz. La viuda llevaba consigo sólo una maleta de madera con varias mudas de ropa y una foto enmarcada del día de su boda. Le había dejado la llave de su casa a doña Pura, para que le regara las plantas y abriera las ventanas de vez en cuando, dejando entrar la luz del sol.

El viaje transcurrió sin contratiempos. Por el camino Rodrigo les mostró el sitio donde estuvo la finca de su abuelo, en otra época el ganadero más rico de la zona. Allí había pasado él la mayor parte de su infancia, montando a caballo, bañándose en el río y jugando con sus amigos en las cuevas cuya entrada estaba al fondo del terreno donde se levantaba la casa del hacendado. Ahora la finca había dejado de ser el paraíso de las reses que solían pastar en sus terrenos, y donde antes se extendían las llanuras verdes en las que los animales tenían comida todo el año, sólo había sembrados de caña de azúcar.

Don Sixto Roque había sido el propietario de todas aquellas tierras donde criaba ganado para abastecer de leche y carne a los pobladores de buena parte de la provincia central. Y aunque todos lo respetaban por su relación con las autoridades, gracias al poder que le daba su fortuna, para nadie era un secreto que el corpulento asturiano no siempre se había valido de negocios limpios para engordar su billetera. "El fin justifica los medios", acostumbraba a decir.

Más allá de los límites de su finca se comentaba que, al caer la noche, los empleados de Don Roque no sólo corrían las cercas de alambre de púas apropiándose de parte del terreno colindante, sino que además no lo pensaban dos veces para robarse los caballos y las vacas a los que su patrón les había echado el ojo durante el día. Enlazar los animales y marcarlos con las iniciales de Don Roque les tomaba menos tiempo que regresar a sus casas a dormir.

Todo marchaba bien hasta que un día, el enojado propietario de una finca vecina acusó al asturiano de haberle robado una yegua que le había costado una fuerte suma de dinero. Cuando los empleados de la víctima se despertaron con los relinchos del animal, ya lo habían marcado y ostentaba en un anca las iniciales SR. Pero como estaban seguros de que los vecinos se lo habían robado, se presentaron ante el patrón y le propusieron servirle de testigos en el pleito legal.

Tal y como acostumbraba a hacer, el asturiano le envió un "regalito" al juez encargado del caso, el día antes del juicio. De modo que de nada le valió al enojado ganadero aportar el testimonio de sus empleados y presentar los papeles que probaban la compra legal del animal robado. Después de escuchar el testimonio, el juez dio su veredicto con una frase que, veinte años después de lo sucedido, aún se recordaba en la zona: "Visto el caso y comprobado el hecho, ¡la yegua es de Sixto Roque!".

Rodrigo creció bajo la protección de su abuelo, quien le regaló su primer caballo cuando apenas comenzaba a dar sus primeros pasos. Cuando empezó a ir a la escuela, era la envidia de todos sus amigos porque siempre llevaba a la chica más bonita del aula, sentada detrás de él y abarcándolo con los brazos por la cintura para que el caballo no la lanzara al suelo. Sabía que era un niño privilegiado, porque gozaba de las ventajas que le daba ser el único nieto de uno de los hombres más ricos de toda la provincia central. Entonces, ¿por qué tendría que levantarse temprano para ir a la escuela todos los días?

Cuando terminó el sexto grado le dijo a su abuelo que no quería estudiar más. Y para su sorpresa, Don Roque no intentó convencerlo de lo contrario.

El día siguiente, a las tres de la madrugada, su abuelo lo despertó para que lo acompañara a ordeñar las vacas. Un año después, Rodrigo tenía las manos llenas de callos y la piel curtida por el sol. El duro trabajo en la finca lo había hecho llegar a una conclusión: no quería saber nada del campo. Se iría a trabajar al pueblo, costara lo que costara.

Esa vez tampoco su abuelo se opuso. Aunque le dolía que su nieto no siguiera sus pasos y no se mostrara dispuesto a aumentar la fortuna de la familia, lo dejó ir. Pero eso sí: nunca más le dio un centavo.

Varios años más tarde, cuando Rodrigo se enamoró y se casó en Hormiguero del Campo, apenas tenía cómo mantener a su familia. A falta de estudios, tuvo que aprender a hacer todo tipo de trabajos para sobrevivir, cualquier cosa, menos trabajar en el campo. Cuando su primer hijo iba a nacer, recibió un sobre de parte de su abuelo. En él le enviaba la llave de un auto y un mensaje: "No te voy a poner el pescado en la mesa. Pero aquí te mando la caña de pescar". El terco asturiano le regaló el auto con el que Rodrigo se ganó la vida y mantuvo a sus hijos desde entonces, pero nunca volvió a dirigirle la palabra. Cuando murió a los setenta años, poco después que el gobierno del Gran Comandante le confiscara sus tierras, hacía más de un lustro que no veía a su nieto.

Todavía los viajeros iban riendo de las historias contadas por Rodrigo cuando llegaron a Manicaragua, donde la hermana de Eulalia los esperaba para almorzar. Por más que trataron de excusarse diciendo que debían regresar enseguida al pueblo, no pudieron irse sin compartir el almuerzo con las dos mujeres, que sirvieron varios platos rebosando masas de puerco fritas, harina de maíz y boniato hervido. "A barriga llena, corazón contento", habría sentenciado Porfirio, de haber podido presenciar cómo su querida esposa se olvidaba por un rato de su duelo y se llenaba la boca de aquellas delicias. Como postre, saborearon cascos de guayaba en almíbar con queso blanco fresco.

Después del almuerzo compartieron un café recién colado por Micaela, la hermana de Eulalia, que no se cansaba de repetir que "el mejor café de este país se da en el Escambray".

Poco antes de las tres de la tarde, Gabriel Arcángel y Rodrigo Veloz emprendieron el regreso a Hormiguero del Campo, no sin antes despedirse de las dos mujeres con un abrazo y recomendarle mucho a Micaela que cuidara a su hermana.

Al llegar a la altura de la finca que había sido del abuelo del taxista, éste se desvió de la carretera principal y siguió un atajo bordeado de árboles frutales, internándose en la manigua. De haberse detenido unos minutos habrían visto pasar un Oldsmobile 88 de color negro, seguido de dos jeeps de color verde olivo que parecían escoltarlo. En él viajaba el coronel Rudolf Eisenhand que regresaba de la capital después de haber cumplido su cometido: conseguir que el mando superior lo autorizara a aplicar su propia estrategia para exterminar la red de colaboradores de la guerrilla, establecida en Hormiguero del Campo y sus alrededores. La convicción de que muy pronto la zona quedaría limpia de contrarrevolucionarios, gracias a su intervención, y la alegría que le producía el no haber vuelto a tener pesadillas desde que mandó a arrestar a Margarito del Valle, borraban parte del descontento que le causaba el tener que volver a enterrarse en aquel pueblo polvoriento donde el tiempo parecía transcurrir más despacio que en el resto del mundo. Junto a él viajaba Gladys, su leal asistente y amante, que no había dejado de sonreír de oreja a oreja desde que el coronel recuperó la vitalidad sexual que ella tanto había echado de menos.

A su llegada a la oficina de frente al parque, el capitán Arteaga lo puso al tanto de todo lo que había sucedido en su ausencia, incluido el más reciente mensaje del agente Hércules. Cuando le contó lo del enfrentamiento con los hombres de Cabargas, el coronel se quedó en silencio unos segundos y después dijo, como hablando consigo mismo:

"Alguien tiene que estarlos ayudando a curar los heridos".

"Bueno, el único médico del pueblo se murió hace poco, a menos que"...

"...alguien les esté enviando medicinas"...

"...o las esté depositando bajo tierra, o sea, enterrando en un lugar seguro".

Unas horas más tarde, cuando regresaron de su viaje a Manicaragua, Gabriel y Rodrigo se sorprendieron con la noticia que ya todos comentaban: el arresto de Urbino Flores, quien había sido el boticario de Hormiguero del Campo por los últimos veinticinco años. Un grupo de agentes de la seguridad del estado había saqueado la farmacia y registrado la casa del boticario de un extremo al otro, mientras otro grupo cavaba profundos huecos en varios puntos situados en las dos salidas del pueblo, tanto la que daba a la carretera de Trinidad como la que daba a Marabuzal, Fanguito y otros pueblos en las faldas de las montañas.

"Hay petróleo en Hormiguero", repetía una y otra vez Ramiro Almanza, mientras flotaba en una nube de alcohol.

Carmelo

Nunca podré olvidar las palabras del capitán Arteaga junto a los vagones del ferrocarril que nos llevarían a la provincia de Pinar del Río. Cada sílaba de su discurso era un disparo de odio. Sin embargo, estábamos tan aturdidos, que sólo unos días más tarde entenderíamos la verdadera dimensión de lo que dijo. Pero para entonces ya estaríamos demasiado lejos del pueblo que nos vio nacer. La mayoría de nosotros nunca habíamos salido del Escambray, y muchos ni siquiera conocían la ciudad de Santa Clara. Pero a pesar de la incertidumbre, del no saber lo que nos depararía el futuro, lo único que teníamos en mente era la situación en la que quedaban nuestras familias. Algunas de ellas se nos unirían más tarde, en aquellos pueblos donde no había las más mínimas condiciones para vivir. Otras no se volverían a reunir con sus seres queridos hasta varios años después. Nosotros mismos levantamos las primeras e improvisadas construcciones, antes que los poblados, totalmente aislados del resto del país, pudieran ser considerados habitables. Gracias a Dios, yo había tenido la previsión de mandar a mi hija Finita a España, cuando la cosa empezó a ponerse fea, y de allí se fue a los Estados Unidos. Ella nos reclamó a mi mujer y a mí, tan pronto tuvo edad para hacerlo, y eso nos salvó de quién sabe cuántos horrores más. Aquí no puedo decir que nos haya ido mal, pero aunque han pasado los años, nunca he podido olvidar el tiempo que pasé en el último rincón de la isla, donde todos, exceptuando a la familia, parecían haberse olvidado de nosotros.

Mensaje #10

A Hércules:

Darle candela al macao.

Al día siguiente del regreso del coronel Eisenhand llegó al pueblo una caravana de camiones del ejército repletos de milicianos. En Hormiguero del Campo las tropas se dividirían y partirían hacia diferentes sitios en las montañas, con la misión de limpiar el área de enemigos del Gran Comandante.

El grupo más pequeño comenzaría recorriendo la zona aledaña al pueblo, explorando los caminos que podrían conducir a donde los guerrilleros tenían sus campamentos y tratando de encontrar pistas que identificaran a los posibles colaboradores. Otro grupo, compuesto por milicianos de la localidad y encabezados por Juan Pedro Solano, serviría de guía a las tropas llegadas de la ciudad para evitar que se extraviaran y cayeran en manos del enemigo. El capitán Arteaga abriría la caravana en un jeep con dos asistentes fuertemente armados y se comunicaría por radio con los camiones. El miliciano destacado Gabriel Arcángel Buenaventura permanecería en el cuartel de la Milicia atento a cualquier orden enviada desde el exterior, por consideración a su evidente desventaja física y para aprovechar sus conocimientos como taquígrafo, mecanógrafo y telegrafista.

Tan grande era la agitación de los lugareños que la noticia de la inminente salida del país de Florencio Corona y su familia apenas causó impacto. Aunque todos se sorprendieron al enterarse de que sólo se les permitiría salir al funerario, su esposa y sus hijas. Sus yernos tendrían que quedarse en la isla, forzados a realizar tareas agrícolas hasta que el gobierno considerara pertinente dejarlos viajar. Ninguno imaginaba entonces que la familia tardaría casi quince años en reencontrarse, cuando Florencio regresara a buscar a los esposos de sus hijas por el puerto del Mariel. Para entonces los nietos del ex propietario de la funeraria Corona eran ya adolescentes, y no podían recordar con claridad el rostro de los hombres que les dieron la vida.

El coronel Rodolfo se encargó personalmente de organizar a los agentes que mantendrían una estricta vigilancia sobre los sospechosos de colaborar con la guerrilla, y en general sobre cualquier persona que no estuviera plenamente identificada con la revolución. Muy pocos se libraban de esas sospechas, pero las casas de Clemencio Guerra, Urbino Flores –a quien habían impuesto prisión domiciliaria aun cuando no pudieron probarle su vínculo con los guerrilleros–, Rodrigo Veloz y Carmelo Rosales estaban especialmente vigiladas por los agentes de la Seguridad del Estado, dispuestos a arrestar a sus dueños ante el menor indicio de colaboración con el enemigo.

Además, el asesor alemán declaró un toque de queda que obligaba a todos los vecinos a permanecer en sus viviendas después de las seis de la tarde y hasta las seis de la mañana del día siguiente. Todo aquel que tuviera que abandonar el pueblo temporalmente por razones justificadas como visitas al hospital, atención a los sembrados en terrenos aledaños o traslado a la capital para llevar alimentos o artículos de aseo personal a menores becados en escuelas militares, tecnológicas o de enseñanza general, serían sometidos a un registro riguroso tanto a la entrada como a la salida de la localidad. Y quedaba absolutamente prohibido el trasiego de combustible o cualquier material inflamable, ante la amenaza del enemigo de incendiar inmuebles que sirvieran de sede a entidades del gobierno. Esto último había sido la interpretación que había dado el Departamento de Criptografía, desde la capital, al más reciente mensaje enviado al agente Hércules e interceptado por la Seguridad del Estado unas horas después de que el coronel Rodolfo se reincorporara a sus labores de asesor de inteligencia en Hormiguero del Campo.

Los hombres al mando del capitán Arteaga se asentaron en la finca que había pertenecido por años al ganadero Sixto Roque. Desde allí partieron en pequeños grupos hasta las inmediaciones de la

Loma del Muerto, donde el capitán dirigió un cerco para capturar a su ex compañero de estudios, José Manuel Cabargas. Sabía, gracias a los mensajes enviados por el agente de la seguridad infiltrado en las tropas del guerrillero, que éste había estado inactivo en las semanas anteriores, convaleciente de una herida en una pierna como resultado del cerco anterior, pero que ya estaba comandando de nuevo a sus hombres. Tampoco ignoraba que los hombres de Cabargas estaban en una situación terrible, vistiendo casi con harapos, con las botas rotas y alimentándose apenas cada dos o tres días, pues cada vez les resultaba más difícil acercarse a las casas de los guajiros que antes les daban de comer, debido a la presencia de los milicianos en el área. Las posibilidades de que los guerrilleros pudieran escapar esta vez eran casi nulas.

Después de establecer el cerco, el oficial y unos doscientos milicianos lograron acorralar al comandante guerrillero y a otros diez alzados que lo acompañaban. Cabargas, vestido con un raído uniforme verde olivo y, al igual que los hombres a su mando, portando una jícara en la cabeza, a modo de casco, para lucir de lejos como soldados del ejército castrista, peleó hasta la última bala con un rifle checo M52. Cuando recogieron su cadáver, con la mandíbula destrozada por una bala de ametralladora, lo llevaron al pueblo en la cama de un camión, junto con los cuerpos de dos milicianos que también perdieron la vida en la batalla.

Los vecinos vieron aterrorizados cómo el camión se detuvo varios minutos frente a la casa donde había crecido Cabargas y donde aún vivía su abuela, una anciana de casi ochenta años de edad. Allí Juan Pedro Solano usó un megáfono para leer un pequeño discurso en el que abundaban los insultos y los ataques contra el guerrillero muerto, al que calificó de "bandido y connotado enemigo de la revolución", y amenazó a la población de correr con la misma suerte del guerrillero si se atrevían a prestar ayuda a los alzados entregándoles ropa, comida o medicinas. Algunos curiosos rodearon el camión para ver de cerca el cadáver y escuchar la arenga revolucionaria, pero sólo después que el vehículo se perdió de vista se atrevieron a entrar a la casa para socorrer a la anciana, a quien la artritis y la tristeza por la muerte de su nieto le impedían moverse de la cama.

Lorenzo Arteaga siempre pensó que cuando llegara ese día, se iba a sentir el hombre más feliz del planeta, liberado al fin del testigo de su cobardía. Pero no fue así. Sabía que, de no haber sido por los delatores que ayudaron a ubicar la posición de la guerrilla y por las confesiones obtenidas por medio de torturas, jamás habría podido capturar a su archienemigo. Cabargas murió peleando de frente, como un hombre, negándole el placer de verlo acobardado, titubeando al saber que se acercaba el final.

Cuando se tendió en su hamaca esa noche, en el campamento levantado en el terreno de la antigua finca ganadera, el capitán Arteaga no pudo conciliar el sueño. Pasó varias horas atormentado por la visión del rostro destrozado de Cabargas, mientras en sus oídos resonaba una y otra vez la frase que no había podido olvidar en tantos años: "¡Dispara, coño! ¿Ya te apendejaste otra vez?".

En el bolsillo del pantalón guardaba el reloj que llevaba en la muñeca el jefe guerrillero al momento de morir. Se lo quitó sin que nadie lo viera, en un arranque sentimental cuyo motivo no se pudo explicar. No tenía claro qué haría con él. Tal vez lo guardaría en memoria de los viejos tiempos, cuando todavía eran los mejores amigos y confidentes, y no imaginaban que algún día se convertirían en encarnizados enemigos.

Por primera vez Lorenzo Arteaga se preguntó si no se habría equivocado. Recordaba cómo su padre siempre había pertenecido a la masonería y su tío era un católico convencido, que hasta llegó a pensar alguna vez en el sacerdocio. Sin embargo, no los vio nunca pelear ni discutir por sus ideas. En las conversaciones de su casa nunca se hablaba ni de religión ni de política; era una regla que había que respetar, y si alguien la violaba, quedaba excluido de las reuniones familiares. Pero todo eso había cambiado. Las familias vivían peleándose como perro y gato, y todo por cuenta de la política. Se hablaba incluso de un miliciano que había matado a su propio hermano en un enfrentamiento con la guerrilla del Escambray. "Son otros tiempos", se dijo, tratando de convencerse a sí mismo de que la muerte de su antiguo amigo era parte del precio que había que pagar para salvaguardar la revolución. Los nuevos tiempos lo habían cambiado todo, hasta las familias, pero él se había entregado a la revolución desde hacía mucho tiempo y eso no cambiaría jamás.

A las cinco de la mañana, como no había podido dormirse, se levantó y le pidió a uno de sus asistentes que le preparara un poco de café para despejarse. Media hora más tarde recibió la inesperada visita del coronel Rodolfo. Se había enterado del encuentro con los guerrilleros, y quería comprobar con sus propios ojos una sospecha que tenía.

Su agente infiltrado le había comunicado que algunos hombres del jefe guerrillero se habían escondido en una cueva para recuperarse de las heridas que sufrieron en el encuentro anterior con la Milicia, y en la antigua finca ganadera estaba la entrada a varias cuevas que, según le habían informado, nunca habían sido exploradas en su totalidad.

Bastaron unos minutos para que casi un centenar de milicianos se agazapara en los matorrales, frente a la angosta entrada de la cueva, mientras alumbraban con reflectores en dirección a su interior. Ese fue el comienzo de un asedio que duró cuatro días con sus noches.

Los alzados se parapetaron en la cueva, dispuestos a no rendirse. Pero los milicianos tenían todo el tiempo del mundo. Después de asegurarse de que para salir de allí tendrían que hacerlo ante sus ojos, o caminar varios kilómetros para encontrar otra salida, corriendo el riesgo de extraviarse y morir encerrados, el coronel Eisenhand puso a prueba sus más refinados conocimientos de represión y tortura: mandó a instalar altoparlantes que dejaban escuchar himnos revolucionarios a un volumen insoportable, mientras los milicianos esperaban pacientemente a que los guerrilleros se rindieran por hambre, sed y desesperación. Además, ordenó que llevaran varios cerdos y los asaran allí mismo, justo delante de la entrada a la cueva, para que el olor a grasa derretida, carne con mojo y pellejo tostándose a fuego lento, penetrara en la gruta junto con el sonido de los altoparlantes, llevando a aquellos hombres al borde del desquiciamiento.

Al amanecer del quinto día los guerrilleros salieron de la cueva, "con las heridas infestadas y las lenguas hinchadas por falta de agua", como contaría un testigo años después. Todos fueron fusilados antes del mediodía y enterrados en una fosa común.

En el interior de la cueva los milicianos encontraron latas de carne vacías, pomos de compota, vendas usadas y sobrecitos que habían contenido polvos de sulfa para las heridas. Cada sobre tenía una inscripción que resultaba muy familiar para el capitán Arteaga: Farmacia Flores. Ahora faltaba saber quién se había prestado para sacar todo aquello del pueblo y llevarlo hasta allí.

Tres días después, extenuado por los interminables interrogatorios, desnudo y respirando a duras penas después de haber sido sumergido en una tina con agua hasta que sus pulmones estuvieron a punto de estallar, el farmacéutico Urbino Flores reveló que Rodrigo Veloz había depositado las medicinas y los alimentos bajo tierra, en la cueva donde se escondían los alzados.

Sin embargo, el coronel Rodolfo estaba seguro de que el taxista no había actuado solo. Alguien tuvo que haberlo ayudado a sacar esos artículos, primero de la farmacia, y luego de los límites del pueblo. Además, en esos tiempos en los que ya escaseaba tanto la comida, regulada por una cartilla de racionamiento, resultaba difícil creer que alguien fuera capaz de renunciar a parte de los alimentos que le correspondían para enviárselos a la guerrilla.

No tuvo que esforzarse mucho para averiguar con quién habían visto por última vez al taxista saliendo del pueblo.

La viuda del médico se había ido a vivir con una parienta, según le dijeron. Y en cuanto al enano, tanto al oficial alemán como al capitán Arteaga les costaba creer que tuviera algún vínculo con los alzados. Gabriel había probado de sobra su fidelidad a la revolución.

Aunque valdría la pena seguirle los pasos, "por si las moscas", como le gustaba decir al capitán. De inmediato arrestaron al taxista y a Santiago Alegría, el bodeguero, el único que podía tener acceso a cantidades más o menos grandes de alimentos y apropiarse de una parte sin levantar sospechas. Pero a ninguno de los dos lograron sacarle una sola palabra, a pesar de los rigurosos interrogatorios efectuados por el propio coronel Rodolfo, y acompañados de los métodos que habían probado su eficacia con el farmacéutico.

Por otra parte, la noticia de la muerte de Cabargas parecía haber causado en la población el efecto contrario al que los militares suponían. Desde entonces no había una noche en que un cañaveral no ardiera por los cuatro costados, en los alrededores del pueblo. Los colaboradores de la guerrilla usaban los métodos más increíbles para provocar los incendios. Según se pudo comprobar, primero dejaban quemar un saco de yute empapado en gasolina. Después apagaban el fuego y lanzaban el saco en medio de un cañaveral. Bastaba que el sol calentara el yute en pleno mediodía para que el fuego se activara nuevamente, y aunque la Milicia se apresuraba a chapear un trillo para evitar que el incendio se propagara, pronto los saboteadores aprendieron a encender el fuego por varios puntos a la vez, para evitar que pudieran detenerlo cortando la hierba por un costado.

El coronel Rudolf Eisenhand intuía que se aproximaba el momento de poner en práctica la última fase de su plan, antes de dar por cumplida su misión. Mientras tanto, mantendría un estrecho contacto con los hombres que estaban en el campo de batalla, trasladándose a un punto diferente de la zona cada día para dar instrucciones precisas sobre emboscadas, cercos y peine de las áreas montañosas.

Sólo que, para hacerlo, tendría que usar uno de los camiones del ejército, pues esa misma noche, en pleno toque de queda, el llamativo Oldsmobile 88 en el que solía transportarse quedó totalmente inservible, después que un coctel molotov explotó en su interior, haciendo que el tanque de gasolina estallara en llamas y reduciendo los asientos a ceniza.

"A éste le dieron candela como al macao", se dijo el capitán Arteaga cuando le informaron del atentado. "Lástima que no hubiera estado adentro del carro".

Juan Pedro Solano

Me acuerdo perfectamente de tu padre. A todo el mundo le llamó la atención que fue de los primeros en integrar la Milicia en el pueblo, a pesar de su... vaya, de su tamaño. Yo era el jefe del batallón cuando aquello. Pensaba de verdad que el Comandante convertiría la isla en un país próspero y justo, donde cada cual trabajaría por el bien de todos, y donde cada uno ganaría lo necesario de acuerdo con sus necesidades. ¿Que si estuve en la limpia del Escambray? Claro, fui de los primeros. Y arriesgué mi vida en varios combates. Me acuerdo del día en que peinamos la loma donde estaba acampando José Manuel Cabargas, el alzado más peligroso de la zona. Y dos días después acorralamos a un grupo de sus hombres que se habían escondido en una cueva para curar sus heridas. Cuando miro hacia atrás, me cuesta creer que soy el mismo hombre que arengaba a los habitantes de Hormiguero del Campo para que denunciaran a los guerrilleros y no les prestaran ayuda. Como si aquello hubiera sido posible. Casi todo el mundo en el pueblo tenía un hermano, un primo, un hijo o un amigo de toda la vida en las filas de la guerrilla. Pero para decirle la verdad, señorita, yo estaba ciego, y creía a pies juntillas todos los discursos del Comandante. Hasta que llegó lo del Mariel y los del Partido me exigieron que le hiciera un acto de repudio a mi propio hijo, que había entregado el carné de militante porque se iba del país. Al ver los atropellos que se cometieron en nombre de la misma revolución que tanto había defendido, decidí que por primera vez en muchos años haría lo que me dictara la conciencia y no lo que dijera el material de estudio del núcleo del Partido. Me convertí en un apestado. Los que antes me adulaban comenzaron a evitarme y me negaban hasta el saludo. Tuve que comenzar a participar de actividades ilegales para poder mantener mi casa, porque en definitiva los primeros que robaban eran los que tenían el carné en el bolsillo, ¿por qué no iba a hacerlo yo? Lo irónico del caso es que, cuando llegué a Miami, cada vez que me encontraba con un conocido de la época en que yo apoyaba al gobierno, tenía que soportar, si no sus insultos, al menos sus miradas de desprecio. Comprendí que jamás me perdonarían, y que tenían razón. Después de todo, yo tampoco he podido perdonarme.

Mensaje #11

A Hércules:

Ocultar evidencia. Quietos hasta nuevo aviso.

La orden del coronel Eisenhand fue muy precisa: "¡Remuevan cielo y tierra, pero tráiganme a los autores del atentado!" Y eso estaban haciendo sus subordinados, registrando cada rincón de Hormiguero del Campo para capturar a los responsables de la explosión que había destruido su carro y cuya intención era, sin lugar a dudas, acabar con su vida por medio de una bomba de fabricación casera.

En el momento de ocurrir el atentado, el auto se encontraba estacionado diagonalmente, a un costado del parque, apenas a unos diez metros de la oficina de la seguridad del estado. Para lanzar la bomba, el culpable debió haberse acercado al vehículo, violando el toque de queda. A esa hora, poco antes de las ocho de la noche, todos los vecinos estaban en sus casas. Sin embargo, los agentes que estaban cumpliendo su guardia a la entrada del edificio al lado del Ayuntamiento tampoco vieron nada raro antes de que el ruido ensordecedor de la explosión los hiciera dirigir la vista hacia el vehículo en llamas.

El nerviosismo de los agentes de la seguridad del estado era obvio. Tanto uniformados como vestidos de civil recorrían el pueblo y se comunicaban entre sí utilizando *walkie talkies* y cruzando de una acera a la otra, como siguiendo el hilo de las órdenes que recibían continuamente de la oficina situada a un lado del Ayuntamiento.

Esto no pasó inadvertido para doña Pura, quien muy temprano en la mañana salió de su casa y caminó varias cuadras hasta la casa de Eulalia, para cumplir lo que le había prometido a su amiga antes de que se fuera de Hormiguero del Campo.

Cuando abrió la puerta no pudo evitar sentirse sobrecogida por el recuerdo de Porfirio. Su presencia se seguía notando en cada rincón de la casa, aun después de su fallecimiento. En la habitación contigua a la sala seguía estando su biblioteca. Los libros de Medicina se alineaban en perfecto orden en los libreros que ocupaban toda la pared, casi hasta el techo. Encima del escritorio había uno que sin duda el doctor Mendoza estaba consultando cuando lo sorprendió la muerte. Doña Pura no pudo reprimir su curiosidad y se inclinó para leer el título del libro: *Síntesis Médica*. 1959. *Correspondiente al bienio 1957-1958*. Al lado del libro había una caja de habanos con una etiqueta que llevaba inscrita la marca: H Upmann.

Paseó la vista a su alrededor y cuando vino a darse cuenta estaba contando los ceniceros que había en la habitación: cinco, en total. Sobre el escritorio, en las tablas del librero, sobre la mesa de centro, al lado de la butaca que usaba Porfirio para escuchar la radio. Todas las puertas y ventanas estaban cerradas, lo que permitió que el olor a tabaco permaneciera encerrado en la habitación, haciendo aun más perceptible la huella dejada por el doctor. En una pared estaba el diploma que certificaba a Porfirio Mendoza como graduado de la Escuela de Medicina de la Universidad de La Habana, en el año de 1935. Debajo del diploma, había una foto del día de la boda del médico. En ella aparecía la figura menuda de Eulalia, sentada en una butaca, con un vestido blanco hasta media pierna y el cabello recogido en una trenza que le rodeaba la cabeza. Como único adorno llevaba un prendedor en forma de mariposa, sujetando la trenza. A sus espaldas estaba el joven médico, con espejuelos redondos de armadura de carey y el cabello abundante y negro peinado a un lado. Lucía feliz pero apenas sonreía, con ese aspecto tan serio que siempre lo hizo lucir mayor que su esposa, a pesar de que ella le llevaba cinco años. Había posado sus manos en los hombros de su mujer, y la mirada sorprendida de Eulalia, con los ojos muy abiertos, revelaba que aún no se acostumbraba a semejantes gestos de intimidad en público, a pocas horas de casada.

Doña Pura sacudió la cabeza automáticamente, como tratando de alejar el recuerdo de aquellos días que creía olvidados, y comenzó a abrir puertas y ventanas para dejar entrar el aire y la luz del sol.

Solamente dejó cerradas las de la habitación que habían servido de consultorio al doctor muchos años atrás, cuando ella era su mano derecha y todavía no se había casado con Miguel Arcángel. Sabía que hubiera sido demasiado doloroso entrar a lo que había sido el escenario de la época más inocente de su vida, cuando todavía tenía la ilusión de marcharse a la capital para seguir los pasos de Porfirio en la Escuela de Medicina. Pasó de largo por el pasillo, a un costado de la habitación cerrada, y unos minutos después ya estaba regando las plantas del patio y, tal como era su costumbre, hablándole con elogios a las que habían florecido y con palabras de aliento a las que comenzaban a marchitarse.

Cuando terminó de regar las plantas regresó a la sala y se sentó a descansar un rato antes de marcharse. Su vista se posó en la vitrina donde el doctor había guardado siempre sus armas de caza. No pudo evitar pensar en Gabriel Arcángel, con su uniforme verde olivo y su metralleta al hombro, cuando hacía guardia en el cuartel de las Milicias. Doña Pura era, por naturaleza, enemiga de las armas. Siempre había considerado una bendición el poder traer niños al mundo, sentía que cada criatura que ella ayudaba a nacer era de cierto modo una parte de su propio ser, y cualquiera que le quitara la vida a un semejante era, para ella, como un saboteador de su trabajo, alguien empeñado en echar por tierra lo que con tanto amor ella hacía. En el fondo de su corazón deseaba que su hijo nunca se viera en la necesidad de usar un arma para disparar contra otro hombre, bajo ninguna circunstancia.

Cuando atravesó el parque para regresar a su casa, doña Pura vio cómo los vecinos se aglomeraban alrededor de la glorieta, mientras varios uniformados abrían un agujero en el piso, ayudados de un martillo neumático y varias palas. Parecían prepararse para extraer del subsuelo algún objeto de mucho valor. No sabía por qué, pero a doña Pura le dio un vuelco el estómago y presintió que algo terrible estaba por suceder.

"Déjate de estar inventando", se dijo para olvidarse de lo que parecía ser un mal presentimiento. "A esta gente le gusta tener a todo el mundo entretenido para que no piensen en lo que tienen que pensar".

Pero su intuición no le había fallado.

Siguiendo instrucciones del coronel Eisenhand, los agentes bajo su mando habían peinado la zona aledaña al parque, donde había ocurrido la explosión. Y eso los llevó a husmear alrededor de la glorieta donde Evaristo Trompa dirigía la retreta de los domingos.

En los primeros años del siglo, se había sustituido la glorieta original, de madera, por una nueva, con piso de losas y columnas de mampostería, pues la otra había resultado seriamente dañada por el paso de un ciclón. Pero habían dejado un entrepiso que servía para guardar instrumentos musicales en desuso. Con el tiempo ese entrepiso se había clausurado, para evitar que sirviera de refugio a animales y a personas que trataban de ocultarse después de haber cometido algún delito. Sólo había quedado una pequeña abertura que nadie se había preocupado por sellar, y a donde solían ir a parar las pelotas disparadas, con o sin mala intención, por los niños que jugaban en el parque.

Las pesquisas de los uniformados los habían llevado directamente allí, donde un sospechoso olor a gasolina les hizo levantar parte del piso hasta llegar al entrepiso clausurado. Alguien se las había ingeniado para almacenar allí la gasolina, el aceite de motor y las botellas de cristal para confeccionar bombas caseras. ¿Cuántos atentados habían tenido su origen en aquel escondite? ¿Cuántos cañaverales habían sucumbido ante un incendio provocado por el misterioso saboteador?

Eso es lo que precisamente trataban de averiguar el asesor Rodolfo y el capitán Lorenzo Arteaga, en una reunión citada con urgencia para discutir los últimos hechos.

Una vez clasificada la información con la que contaban, repasaron todos los actos contrarrevolucionarios que habían tenido lugar en los últimos meses, justamente desde que comenzaron a interceptarse los mensajes dirigidos al misterioso agente Hércules.

1. Asalto y muerte de dos milicianos a quienes robaron sus armas.
2. Sabotaje en la planta eléctrica donde una bomba de fabricación casera dejó a oscuras a todo el pueblo.
3. Incendio de un campamento de la Milicia a unos 12 kilómetros del pueblo, donde los bandidos impusieron cinco pesos de multa a cada miliciano y los obligaron a bajar al pueblo desnudos y desarmados.
4. Asesinato de Mauricio Pintado, valioso colaborador del G2 en Hormiguero del Campo.
5. Asalto a los camiones del ejército que se dirigían al pueblo para abastecer de hielo a las instalaciones donde operan oficiales de la seguridad del estado.
6. Quema de cafetales y transporte de un cargamento de armas hasta el campamento del bandido José Manuel Cabargas.
7. Traslado de municiones desde el pueblo hasta la zona enemiga, aprovechando la noche de carnaval.
8. Envío de medicinas hasta la cueva donde se ocultaban algunos hombres de Cabargas que habían sido heridos en un enfrentamiento con las Milicias.
9. Atentado contra el coronel Rudolf Eisenhand a través de una bomba casera que destruyó el vehículo en el que este oficial se transportaba.

De acuerdo con el último mensaje interceptado, después de la explosión frente al parque debían esperar un período de calma aparente, durante el cual, sin lugar a dudas, los enemigos agazapados en el pueblo se estarían preparando para seguir tratando de destruir las conquistas de la revolución. Así lo expresó el capitán Arteaga, antes de enumerar las personas cuya simpatía y colaboración con los alzados ya se había comprobado:

1. Horacio Pastrana (incorporado al bando de los alzados). Sirvió de enlace y colaboró trasladando municiones hasta un punto en las faldas de las montañas, donde los bandidos

las recogieron y las llevaron hasta el sitio donde tenían su campamento.

2. Urbino Flores (bajo arresto domiciliario). Se las arregló para enviar medicinas a los alzados desde su propia farmacia. Pero colaboró con el G2 denunciando a sus colaboradores.
3. Clemencio Guerra (bajo estricta vigilancia). Como padre de un delincuente que está fugitivo, huyendo de la justicia revolucionaria, es de suponer que estaría dispuesto a colaborar con el enemigo si se le presenta la oportunidad.
4. Rodrigo Veloz (arrestado). Sirvió de enlace con los bandidos, transportando medicinas en su auto de alquiler.
5. Santiago Alegría (arrestado). Desvió recursos de la bodega que administraba para enviar alimentos a los alzados.

El coronel dejó que el capitán Arteaga terminara de hablar. Todo el tiempo estuvo escuchando pasivamente, con una media sonrisa en el rostro, como si estuviera disfrutando de antemano la reacción del capitán cuando escuchara lo que tenía que decirle. Esperó que transcurrieran algunos segundos de completo silencio antes de ponerse de pie. Caminó alrededor de la mesa, con las manos a la espalda, y se acercó despacio hasta el asiento del capitán, preguntándole con voz muy baja, casi en un susurro, como hacían los actores de las películas del cine negro, que tanto le gustaba disfrutar:

"¿Sabe usted de qué tamaño era la abertura encontrada donde se escondían los químicos para fabricar la bomba?".

El capitán se rascó la barbilla, preocupado, como tratando de adivinar por dónde venía el asesor.

"No", tuvo que reconocer al fin.

"Suficiente para que por ella pudiera pasar un niño de diez o doce años".

"Lo cual quiere decir que utilizaron a un niño para guardar los químicos".

"O que la persona que los guardó tiene las medidas de un niño de esa edad, lo que le permitió entrar por el agujero, colocar los productos y volver a salir. Fíjese que todo estaba perfectamente ordenado, un niño lo hubiera lanzado de cualquier manera y se hubiera alejado enseguida. Eso explica por qué los hombres que hacían guardia en la entrada de la oficina no vieron a nadie acercarse al jeep, desde donde estaban no podían ver a alguien que, por su estatura, quedaba completamente oculto por el vehículo".

"Coronel, ¿está pensando lo mismo que yo?".

"¡Arresten al enano!".

Mientras viajaba hasta la casa de Gabriel Arcángel, acompañado de otros dos agentes, el capitán Arteaga se preguntaba que cómo había podido ser tan confiado. Ahora todos los hechos aislados se mezclaban en su cabeza y poco a poco iban ocupando el lugar que le correspondían, como las piezas de un rompecabezas. Todo encajaba perfectamente: el enano trabajaba cobrando las cuentas de la electricidad. Eso le facilitaba estar en contacto con todos los vecinos del pueblo sin levantar sospechas. Pasearse por las calles vistiendo el uniforme de la Milicia le dio un aura de heroicidad, de incapacitado que se sobrepuso a su desventaja física para defender la revolución. Seguramente podía entrar con facilidad a la planta eléctrica del pueblo, por ser empleado de la empresa, así es que le debía de haber resultado muy fácil colocar la bomba. Mientras ellos buscaban a un hombre alto y fornido, comparable por su fortaleza con el héroe de la antigua Grecia, el minúsculo personaje recibía mensajes del enemigo, colaboraba con los alzados y habría sido capaz hasta de incendiar el pueblo, si hubiera tenido la oportunidad.

De pronto recordó la ceremonia en el parque, cuando le entregaron una pistola al "miliciano más destacado de Hormiguero del Campo".

"Qué imbéciles fuimos", se dijo. "Esa pistola la tengo que recuperar".

Cuando llegó a la casa de Gabriel Arcángel lo recibió doña Pura, secándose las manos en el delantal. Acababa de limpiar de hierbas los canteros del patio, según le dijo. A su lado estaba su nuera, que evidentemente estaba llegando al final de su embarazo, luciendo más pálida e insignificante que nunca.

"¿Dónde está Gabriel Arcángel?".

"En el trabajo, supongo", respondió con calma la madre del enano.

El capitán se volvió a uno de los hombres que lo acompañaban y le dio una orden en voz baja. Después le ordenó a las dos mujeres que se sentaran en la sala, mientras sus hombres registraban habitación por habitación, tratando en vano de encontrar la pistola.

A medida que iba pasando el tiempo, aumentaba la rabia del capitán Arteaga. Cuando se dio cuenta de que el intento de recuperar la pistola no había tenido éxito, se puso de pie y le dijo a doña Pura:

"Dígale a su hijo que si quiere volver a ver a su mujer, que vaya a buscarla él mismo. Porque ella se va conmigo".

Doña Pura se interpuso entre su nuera y los uniformados, los empujó con todas sus fuerzas, pero no pudo impedir que se la llevaran. Paulina, con los ojos muy abiertos y los labios apretados, para no llorar, se sentó en el jeep entre los dos uniformados, mientras se acariciaba la barriga abultada y trataba de convencerse de que todo terminaría en poco tiempo, y que nada malo le iba a pasar. En el asiento delantero, al lado del chofer, iba el capitán Lorenzo Arteaga, jurándose a sí mismo que sería la última vez que ese traidor se burlaría de él.

Cuando se alejaron, la madre de Gabriel Arcángel caminó despacio hacia el patio y se detuvo mirando fijamente el cantero donde, apenas unos minutos antes de que el capitán Arteaga tocara a la puerta, ella había enterrado la planta de radio que su hijo ocultaba en su cuarto, en una de las tablas del armario.

Carta desde España

De: Francisco Delgado (alias Paco Mortadella)

A: Paulina Buenaventura

Seguramente le va a extrañar recibir esta carta. Sepa que yo fui muy buen amigo de su padre. Después de lo sucedido en Hormiguero del Campo, en los años 60, yo logré irme del país clandestinamente, burlando la vigilancia de los guardafronteras. Finalmente me reuní con algunos familiares en Islas Canarias, quienes me ayudaron a asentarme aquí, donde vivo desde entonces. No me ha ido mal, pues me gano la vida tocando guitarra con un trío, para entretener a los turistas, y eso me da para vivir holgadamente. Sin embargo, siempre he seguido con atención los acontecimientos en Cuba, y creo que hoy, más que nunca, se acerca el final de esta tragedia. Supe por medio de amistades comunes que usted trata de encontrar personas cercanas a su padre, para conocer más de su vida, y por eso me atrevo a escribirle. Me da mucho gusto poder decirle que su padre era un hombre de un gran valor personal, y que en los últimos días de su vida sólo tenía una cosa en mente: el hijo que estaba esperando, y que ya estaba a punto de nacer. Estoy seguro de que, donde quiera que esté, se siente muy orgulloso de tenerla como hija. Y si quiere honrar su memoria, sólo debe hacer una cosa: no olvidarse nunca de la tierra donde nació. Que Dios la bendiga.

Mensaje #12

A Hércules:

Se acerca la hora cero.

(Este mensaje nunca llegó a su destino).

Gabriel Arcángel volvió a recorrer desde la sala los doscientos pasos que lo separaban del patio, a través del pasillo lateral, bordeando la habitación que había servido de consultorio al doctor Porfirio Mendoza. Su madre nunca supo que él había tomado la llave que le había dado Eulalia, y que había encargado una copia por si acaso la llegaba a necesitar.

En los días que llevaba escondido en esa casa, con las puertas y ventanas cerradas a cal y canto, poco podía hacer para calmar su ansiedad, resignándose a dejar que el tiempo pasara, en completo silencio para no despertar sospechas en el vecindario. Ya sabía de memoria cuántas losas había desde la puerta de entrada hasta la biblioteca: ochenta y cinco negras y ochenta y tres blancas. En la biblioteca había mil trescientos cincuenta y cuatro libros: novecientos repartidos entre las cuatro tablas del medio, doscientos veintiséis en la primera de arriba y doscientos veintiocho en la última de abajo. El reloj de cucu del comedor tenía dos minutos de retraso con respecto al reloj del campanario de la iglesia, y el pisicorre de Publicidad Cabel comenzaba a recorrer las calles del pueblo cada noche a las seis y cinco minutos, poco después de comenzar el toque de queda, y sólo dejaba de escucharse el Himno Invasor cuando la voz engolada de Juan Pedro Solano recitaba arengas revolucionarias y le recordaba a los vecinos que no podían salir de sus casas hasta las seis de la mañana del día siguiente.

En sólo unas horas su Florecita tendría treinta y ocho semanas de embarazo, lo que quería decir que su hijo no tardaría más de dos semanas en llegar al mundo. Mientras tanto, Paco Mortadella, en complicidad con el vecino de al lado, le hacía llegar un plato de comida una vez al día por encima de la cerca que dividía los patios, y le traía las últimas noticias sobre lo que ocurría en el pueblo. El buen hombre lo calmaba cuando él, desesperado, insistía en salir de la casa e ir a buscar a su mujer a la oficina del capitán Arteaga. Le decía que su hijo lo necesitaba vivo, y que a esas alturas ya los agentes del G2 deberían estar buscando hasta debajo de las piedras, decididos a dar con él y a hacerle pagar por lo que había hecho. A Paulina tendrían que liberarla más tarde o más temprano, le decía, porque no tenían pruebas en su contra. Y a él lo sacarían del pueblo aunque fuera disfrazado de mujer, como habían hecho con Eduardo Guerra. Pero tendría que tener paciencia. Por suerte, no habían podido encontrar la planta de radio: a doña Pura le había dado tiempo a esconderla. Y la pistola, que tanto había buscado el capitán Arteaga, estaba allí, junto a él.

Gabriel la había desarmado y limpiado más de una vez, y la mantenía al alcance de la mano, dispuesto a usarla si se presentaba la ocasión. Pero eso no lo hacía sentirse ni más ni menos seguro. Lo que lo tenía al borde de la desesperación era saber que el nacimiento de su hijo se acercaba, y Paulina ni siquiera tenía el consuelo de tenerlo a su lado, acariciándole el vientre y susurrándole frases tiernas al bebé, como solía hacer cuando estaban juntos. Y más desesperado aun se hubiera sentido, de saber que, en ese mismo momento, el teniente Urquiza llegaba a su casa, y le pedía a doña Pura que lo acompañara para que atendiera a Paulina. Al niño le había llegado la hora de nacer.

A doña Pura apenas le dio tiempo a agarrar su maletín de comadrona y una bolsa con pañales y ropita de bebé que ya tenía lista desde antes de que se llevaran a su nuera. Por el camino fue rezando para que no fuera cierta la sospecha que tenía desde que, al tocarle el vientre a Paulina, palpó la cabeza y las extremidades del bebé a los lados y no arriba y abajo, como debían estar a esas alturas del embarazo. Sabía que muy pocas criaturas formadas así se colocan solas en la posición correcta para venir al mundo, con la cabeza hacia abajo, y el no hacerlo era una complicación que podía poner en peligro no sólo la vida del bebé, sino también la de la madre.

El capitán Arteaga la hizo pasar a una enfermería improvisada, a dos puertas de donde estaba su propia oficina, y doña Pura le agradeció mentalmente la delicadeza de no haber dejado a su nuera sufrir los dolores de parto en la celda donde había permanecido hasta ese momento. La comadrona se lavó las manos y se las desinfectó con un chorro de alcohol que llevaba en el maletín. Mientras se ponía unos guantes de goma se encomendó a la Virgen del Rocío para que su nieto llegara al mundo saludable y que Paulina tuviera fuerzas y valor para lo que estaba por venir. Después puso manos a la obra.

La parturienta ya había roto la fuente, y cada vez que le llegaba una contracción apretaba los dientes para no gritar. Doña Pura tuvo que recurrir a su experiencia de años en el oficio para hacer que Paulina se relajara y abriera las piernas lo suficiente para poder revisarla. Apenas tenía dos centímetros de dilatación, calculó doña Pura, y al palparle el vientre endurecido por las contracciones notó que el bebé seguía en posición horizontal, lo que indicaba que el parto iba a ser sumamente difícil. Se quitó los guantes y salió de la oficina acondicionada como enfermería, en busca del capitán Arteaga.

"Mi nuera necesita un médico, es un parto complicado", le dijo cuando lo encontró.

Lorenzo Arteaga se encogió de hombros y le contestó:

"Usted haga lo que pueda. El médico más cercano está en Manicaragua o Cienfuegos, y yo no estoy autorizado a mover a la detenida de aquí".

Doña Pura sintió que un escalofrío le recorría el cuerpo, como cada vez que tropezaba con un alacrán en la tierra, mientras regaba las plantas en los canteros del patio. Pero enseguida comprendió que no se podía derrumbar. Gabriel estaba desaparecido, escondido quién sabía dónde. Lo más probable era que no se hubiera enterado de que su mujer estaba de parto, y así era mejor. Le tocaba a ella hacer todo lo que estuviera en sus manos por cuidar a la mujer de su hijo y a la criatura que llevaba en el vientre, salvarlos a los dos para que algún día pudieran vivir como una familia normal, sin miedos y sin persecuciones. ¿Sería eso posible? ¿Volverían todos a vivir una vida normal después de todo lo que estaba pasando?

"Mamá Pura"...

"Dime, Paulita".

"No quiero que mi niño muera".

"¿De dónde sacas eso?", contestó la comadrona, tratando de restarle importancia a la frase que su nuera acababa de pronunciar.

"Lo digo en serio. No me importa lo que pase conmigo, pero sálvelo a él".

El trabajo de parto se prolongó más de lo que doña Pura esperaba. Nueve horas más tarde, la parturienta se veía extenuada, estaba empapada en sudor y tenía los labios morados de tanto que se los había mordido para soportar el dolor. El cuello del útero estaba suficientemente dilatado, pero el feto seguía sin cambiar de posición. La comadrona sabía que el feto estaba sufriendo, una hora más y dejaría de respirar. Así es que tuvo que hacer lo que había evitado hasta ese momento. Le puso un pañal doblado en la boca a Paulina para que lo mordiera, y le introdujo la mano por la vagina en el canal de parto, en un esfuerzo desesperado por voltear al bebé. Cuando sacó la mano, empapada en sangre, ya las nalguitas del feto se asomaban entre las piernas de su madre. Al ver que otra contracción le endurecía el vientre, le pidió que pujara con todas sus fuerzas. Entonces asió el cuerpecito por las piernas y lo sacó de un tirón.

"Es hembra y nació de pie, va a tener muy buena suerte", le dijo a su nuera.

Pero Paulina no la escuchaba. Había perdido el conocimiento con una sonrisa en el rostro, dándole la bienvenida a una hija que nunca podría amamantar ni acunar entre sus brazos. Dos horas más tarde la madre dejó de respirar en medio de una hemorragia que tiñó de púrpura las mantas sobre las que reposaba.

El teniente Urquiza encontró a doña Pura como congelada, abrazando a su nieta y sin poder quitar la vista del cuerpo sin vida de la mujer que había hecho tan feliz a su hijo.

"Vamos, doña Pura, tiene que irse. Y llévese a la niña, si no quiere que se la quiten".

La comadrona no entendió ni una palabra, pero se dejó llevar, incapaz de resistirse después de la tensión vivida en las últimas horas. Envolvió a la niña en una colchita y salió del edificio de al lado del Ayuntamiento sin mirar para atrás. Si hubiera estado en condiciones de poder apreciar lo que la rodeaba, habría visto varios autobuses estacionados al frente del edificio, y decenas de personas llevadas por uniformados que las obligaban a introducirse en ellos, con la evidente intención de trasladarlas a un destino lejano. El plan cero del coronel Eisenhand se estaba poniendo en marcha.

Quince minutos más tarde doña Pura llegó al sitio donde se alzaba el altar de la Virgen del Rocío, a pocas cuadras de la salida del pueblo, y se arrodilló ante la imagen a la que atribuía el milagro de su hijo. Esta vez pidió por la criaturita que llevaba en brazos, y la alzó todo lo alto que pudo, agradeciéndole a la Virgen por su vida y prometiéndole que se encargaría de inculcarle la devoción por la Madre de Dios. Ni siquiera se dio cuenta de que un auto acababa de detenerse a unos pasos de ella. El conductor contempló por unos segundos a la niña alzada en brazos por su abuela, que al recibir la luz plateada de la luna llena parecía una prolongación de la estatua de la Virgen. Se veía tan hermosa que tuvo que hacer un esfuerzo para dejar de mirarla y acercarse a las dos. Al hacerlo, le pareció ver caer unas gotas de agua, como si fueran lágrimas, desde el rostro de la Virgen hasta la cabeza de la niña.

"Venga conmigo, doña Pura. Alguien la está esperando".

Paco Mortadella la condujo hasta la costa, al mismo sitio por donde Eduardo Guerra se había fugado en una lancha. Todo ese tiempo el fugitivo había estado escondido en un islote, a pocos kilómetros de la costa, por eso ahora se veía diferente, con el cabello muy rubio y la piel bronceada por el sol. Sin embargo, doña Pura lo reconoció enseguida. Cuando lo abrazó, sintió que toda su fortaleza se derrumbaba, y por primera vez lloró largo y tendido, apoyada en el hombro de aquel muchacho que ella había visto crecer y al que quería como a su propio hijo. Cuando la lancha de Renato Morúa, alias "Majúa", se alejó de la costa, doña Pura estaba lejos de pensar que sería la última vez que vería la tierra que tanto amaba.

A esa misma hora, muy lejos de allí, el coronel Eisenhand se disponía a poner en marcha la segunda parte de su plan. Se subió a un camión del ejército junto al capitán Arteaga y se alejó del edificio de al lado del Ayuntamiento, seguido por los autobuses repletos de vecinos, a los que habían clasificado como colaboradores de la guerrilla. Cuando llegaron al paradero del ferrocarril, la caravana se detuvo y ordenaron a los hombres que salieran de los autobuses para que escucharan lo que el capitán Arteaga les tenía que decir.

"Los vamos a trasladar a otras provincias por ser personas desafectas a la revolución. Ustedes han apoyado la contrarrevolución, ¡no se merecen ni el aire que respiran!".

En ese momento se aproximó un tren de carga cuyos vagones los habían convertido en una especie de prisiones móviles, fuertemente custodiados, cada uno por ocho hombres con fusiles y bayonetas. Urbino Flores, Rodrigo Veloz y Santiago Alegría fueron de los últimos en subir a los vagones. El tren ya comenzaba a alejarse cuando una pequeña figura se acercó a toda velocidad al sitio donde estaba el capitán Arteaga. Gabriel Arcángel, montado en el velocípedo motorizado, llegó empuñando la pistola que le había entregado el oficial en la ceremonia del parque. La bala atravesó el pecho de Lorenzo Arteaga, y antes de que los uniformados pudieran disparar las ráfagas de sus ametralladoras, el enano se acercó el cañón de la pistola a la cabeza y volvió a disparar, mientras en sus oídos parecían resonar las palabras del capitán: "Le hacemos entrega de esta pistola que sabemos portará dignamente, y con la que disparará todos sus tiros, hasta el último, contra nuestros enemigos. Hasta el último no, porque el último, lo sabemos, lo disparará contra él mismo antes que entregarse o rendirse"...

Por entre los barrotes del último vagón se fue perdiendo a lo lejos la estrafalaria figura de Ramiro Almanza. Llevaba la cabeza inclinada, pero cubierta por la máscara de león con melena de estambre.

Paulina

No conocí a mi madre ni a mi padre. Mi madre murió de parto, en una celda de la prisión, y mi padre murió acribillado a tiros, tratando de vengar la muerte de mi madre. Mi abuela Pura me salvó del desamparo y tal vez de la muerte, trayéndome a la Florida en un bote después de encomendarme a la Virgen del Rocío. Ella me contó que la Virgen derramó lágrimas de dolor y que su llanto fue mi bautismo antes de huir gracias a la ayuda de la gente de mi pueblo natal, Hormiguero del Campo. Crecí escuchando las historias de esa gente, muchas de las cuales tuvieron que abandonar mi tierra también, algunas después de cumplir años de prisión. Mi abuela me llamó Paulina, como mi mamá. A mi abuela Pura le debo también el amor por la medicina, por eso le cumplí el deseo de estudiar la profesión que ella hubiera querido tener. Mis amigos siempre fueron los hijos de los amigos de mi padre, por eso a mi abuela no le extrañó que terminara enamorándome de Eduardito Guerra, el nieto del dentista de Hormiguero que estudió Medicina como yo, y que nos casáramos tan jóvenes, apenas graduados en la Universidad.

Eduardito es hijo de Finita y Eduardo, el mejor amigo de mi papá. Cuando eran novios ellos se tuvieron que separar unos años, porque el papá de ella la mandó a España. Pero Eduardo y Finita se reencontraron en la Florida, se casaron y tuvieron a mi esposo, Eduardito, cuando yo acababa de cumplir un año.

Cuando entré en la adolescencia empecé a hacerle preguntas a mi abuela sobre mis padres y sobre la historia del pueblo donde nací. Pero a ella no le gustaba hablar de eso, cada vez que le preguntaba algo cambiaba de conversación, y terminé por no preguntarle más, porque me daba cuenta de lo difícil que era para ella recordar el pasado. Sólo después que murió pude reconstruir esta historia, conversando con los que participaron de ella. Así conocí la parte de mí que ignoraba: el origen de mi madre, la valentía de mi padre y la historia de amor que los unió. Poco después de morir mi abuela nació mi hijo, Rafael Arcángel. Al igual que mi abuelo y que mi padre, mi hijo es enano. Pero no hay tarea, por difícil de cumplir que parezca, que no pueda realizar. Mi hijo es un verdadero Hércules, como su abuelo.

Índice

Últimos títulos publicados:

RODOLFO MARTÍNEZ SOTOMAYOR
Palabras por un joven suicida: homenaje al escritor Juan Francisco Pulido (Antología)

JOAQUÍN GÁLVEZ
Trilogía del paria (Poesía)

CARLOS BARRUNTO
Como casi nadie sabe (Poesía)

JOSÉ ABREU FELIPPE
Barrio Azul (Novela)

JUAN CUETO-ROIG
Veintiún cuentos concisos (Cuento)

LUIS DE LA PAZ
Tiempo vencido (Cuento)

DANIEL FERNÁNDEZ
Sakuntala la Mala contra la Tétrica Mofeta (Novela)

EVA M. VERGARA
Mirada desde un submarino blanco (Cuento)

SUSANA DELLA LATTA
Ojo de pez y otros relatos (Cuento)

JOSÉ ABREU FELIPPE
Tres piezas (Teatro)

PEDRO MERINO
Pan con tomates verdes y otros cuentos (Cuento)

REINALDO GARCÍA RAMOS
Cuerpos al borde de una isla: mi salida de Cuba por Mariel (Novela)

DANIEL FERNÁNDEZ
Novelas sencillas (Novela)

ROLANDO JORGE
La cantante se va de gira (Poesía)

LUIS DE LA PAZ
Teatro cubano de Miami (Antología)

RAFAELA VERGARA AYALA
Médium y otras historias (Cuento)

JUAN CUETO-ROIG
Esas divinas cosas (Poesía/Traducción)

JUAN FRANCISCO PULIDO
Es triste ser gato y ser tuerto (Antología)

PABLO DE CUBA SORIA
Inestable (Poesía)

EDUARDO MESA
El bronce vale y otras crónicas (Crónica)

JOSÉ ABREU FELIPPE
El instante (Novela)

DENIS FORTÚN BOUZO
El libro de los Cocozapatos (Cuento)

ERNESTO G.
Los relatos de Maurice Sparks (Cuento)

ROLANDO JORGE
Ido a hurgar (Diario)

ALEJANDRO FONSECA
De un tiempo deslumbrado (Antología)

HUMBERTO ESTEVE / EDUARDO MESA
Homenaje a Mons. Pedro Claro Meurice Estiú (Testimonio)

EFRAÍN RIVERÓN
De la luz su fondo (Poesía)

VARIOS AUTORES
Asídesencillo (Poesía)